BLINDER HASS

Kriminalroman von Steffan Witsch

„Rekonstruieren wir also", sagte der Staatsanwalt mit kühler Stimme, „Der Angeklagte Mr. Rick de Sallab eilte in der Nacht zum 27. Januar 1965, um ca. 23 Uhr in das Sheraton Hotel am Kings Highway in Brooklyn. Laut der vereidigten Aussage des Nachtportiers Henry Wonda war der Angeklagte äußerst erregt. Ohne ihn, den Portier, eines Blickes zu würdigen, rannte De Sallab über die Treppen zu seinem Appartement in der ersten Etage."
Der Staatsanwalt blickte kurz von der Anklageschrift hoch, die er in den Händen hielt und musterte eindringlich die angespannten Gesichter der Geschworenen. Dann las er weiter: „Gleich darauf hörte der Zeuge aus den offenen Räumen die zornige Stimme De Sallabs, dazwischen die weinerliche Stimme einer Frau. Es folgte ein heftiges Wortgefecht, begleitet von Körperschlägen und Schmerzwinseln der geprügelten Frau. Laut und deutlich hörte der Zeuge Wonda wie der Angeklagte schrie: „Du wirst mir nie wieder Hörner aufsetzten, du gottverdammte Hure!" Jählings verstummte das Gejammer der Frau und eine Minute später stürmte De Sallab konfus an der Hotelrezeption vorbei. Impulsiv duckte sich der Zeuge unter das Pult. Aber er hatte noch gesehen, wie sich der Angeklagte ein Taschentuch an die blutende Wange presste.
Sofort als De Sallab aus dem Hotel geflüchtet war, schlich der Portier in das Apartment des Gastes. Die Zimmertür stand sperrangelweit auf. Dann die grausame Entdeckung. Auf dem Teppichboden eine Frau in schwarzer Unterwäsche. Um ihren Hals war ein schwarzer Nylonstrumpf geschlungen.
Der Zeuge verständigte Polizei und Notarzt. Der Arzt konnte nur

noch den Tod der Frau durch Erdrosseln diagnostizieren. Das Gesicht der Leiche war von Schlägen schwer gezeichnet, die Schläfen und Wangenhaut blutig angeschwollen, die Lippen gespalten, das rechte Ohrläppchen eingerissen.

Die Polizei identifizierte die Erwürgte als Rosanna de Sallab, die Ehegattin des Angeklagten.

Bei der Obduktion fand der Arzt winzige Hautpartikel unter den Fingernägel der Toten. Sie stammten zweifelsfrei aus dem Gesicht ihres Mannes. Im Todeskampf zerkratzte Rosanna seine Wangen. Rick de Sallab leugnete im Verhör keinesfalls den lautstarken Streit mit seiner Gemahlin. Auch nicht, dass er sie mit Fäusten traktierte und sie zu Boden schlug. Nur den brutalen Mord bestritt er vehement.

Nun zur Person: Rick de Sallab, 56 Jahre alt, Besitzer einschlägig bekannter Nachtlokale. Mehrmals vorbestraft wegen Drogenhandel, illegaler Karten - und Glücksspiele, Prostitution, schwere Körperverletzung. Zweimal verheiratet. Die erste Ehe mit Lisbeth Kuskea wurde nach 20 Jahren geschieden. Laila, die 17 jährige Tochter lebt bei ihrer Mutter, hält aber Kontakt zum Vater. Vor zwei Jahren ehelichte Rick de Sallab die Stripteasetänzerin Rosanna Lose. Beide nahmen es mit der Treue nicht so genau. Beide unterhielten Beziehungen mit anderen Partnern.

Als Rosanna jedoch ein Verhältnis mit Casper de Sallab begann, dem Bruder des Angeklagten, eskalierte das Geschehen. Eines Nachts wurde Casper auf offener Straße von einem Unbekannten niedergeschossen. Er überlebte den hinterhältigen Anschlag. Aber er ist seitdem querschnittgelähmt. Noch in der gleichen Nacht verhaftete die Polizei den verdächtigen Rick. Aber sie musste ihn aus Mangel an Beweisen freilassen. Der wahre Täter konnte nie ermittelt werden.- Doch den Mord an seiner Frau können wir Rick de Sallab lückenlos nachweisen. Es besteht kein Zweifel, der Angeklagte tötete aus niedrigen Beweggründen seine Gattin. Für diese feige Tat gibt es nur ein

Urteil: Tod auf den elektrischen Stuhl!"

Der Mann hinter der Anklagebank hatte sich während des Plädoyers des Anwaltes keinen Millimeter bewegt. Das kantige Gesicht schien aus Stein gemeißelt. Die rauchgrauen Augen blickten starr geradeaus. Rick de Sallab trug einen dunkelblauen Anzug und eine zitronengelbe Krawatte. Langsam wandte er den Kopf und sah über die Zuschauerreihen hinweg. Sein Blick stoppte bei einem jungen, schwarzhaarigen Mädchen, das ihn fortwährend beobachtete. In den rehbraunen Augen glänzten Tränen, aber sie lächelte tapfer und zuversichtlich.

Er erwidere ihr Lächeln nicht. Er tat, als würde er Laila, seine Tochter nicht erkennen. Die Enttäuschung über sein Verhalten war groß. Sie hielt die Hände vor das Gesicht und weinte.

Neben Laila, am Ende der Bankreihe, saß ein stiernackiger Mann im Rollstuhl. Eine gewisse Ähnlichkeit mit dem Angeklagten war nicht zu leugnen. Das gleiche markante Antlitz, dieselben kalten Augen. Casper de Sallab verfolgte jede Bewegung seines Bruders.

Der weißhaarige Richter sagte: „Die Geschworenen ziehen sich zur Beratung zurück. Die Zuschauer werden gebeten den Gerichtssaal bis zur Urteilsverkündung zu verlassen."

Casper de Sallab fuhr im Rollstuhl mit dem drängelnden Publikum zum Saalausgang. Dicht hinter ihm seine Nichte Laila.

Als beide unter freiem Himmel standen, fragte ihn das Mädchen: „Was meinst du? Werden sie Papa verurteilen?"

Er knetete die Handknöchel. „Woher soll ich das wissen?" antwortete er mürrisch. „Ich bin kein Geschworener."

„Aber Papa ist unschuldig! Er hat Rosanna geliebt. Was man liebt tötet man nicht!"

Hart sagte er: „Rosanna war eine Hure. Alle wussten das. Nur Rick begriff das nicht. Er glaubte immer, sie würde sich ändern. Doch er machte sich zum Narren. Rosanna schlief mit jedem, der einen steifen Schwanz hatte."

„Du bist vulgär, Onkel!" erregte sie sich.

„Ja, ja, mag sein. Ich vernaschte auch einmal deine Stiefmutter und es machte nicht viel Spaß. Sie war ausgesprochen langweilig im Bett. Ich fickte schon bessere Weiber. Rick hätte sie nicht töten müssen!"

Ungläubig sah Laila auf ihn herunter: „Onkel Casper, du glaubst doch nicht wirklich, dass Papa ein Mörder ist? Er ist dein Bruder! Es fließt das gleiche Blut in euren Adern!"

„Rede nicht so überspitzt daher", sagte er eisig. „Wenn ich das schon höre, das selbe Blut in den Adern. Sentimentales Geschwätz. Ich weiß, er wickelte Rosanna den Strumpf um die Kehle. Genauso wie ich weiß, die Kugel, die mich in diesen verfluchten Stuhl schickte, wurde von einem Killer abgefeuert, den dein Vater bezahlte. Er rächte sich dafür, dass ich Rosanna flachlegte!"

„Versündige dich nicht!" kam es entsetzt über Lailas Lippen. „Du bist sein Bruder. Niemals würde dir Papa Schaden zufügen. Niemals!"

Unvermittelt hob der Querschnittgelähmte den Kopf. Er blickte ihr direkt in die verwässerten Augen. Und sein Blick war erbarmungslos. Er ballte in ohnmächtiger Wut die Hände zu Fäusten und bodenloser Hass schwang in seiner Stimme: „Sieh mich an, Kleines! Sieh mich genau an! Ich war einmal ein vollwertiger Mann, der es stundenlang mit jeder Frau treiben konnte. Dann zerstörte eine heimtückische Kugel mein Rückenmark. Jetzt bin ich ein Krüppel, der seinen Schwanz nicht mehr hochbringt, den die Frauen auslachen oder bemitleiden. Je nach Belieben. Und das verdanke ich allein deinem Vater. Ich schwöre dir bei Gott, wenn es einen gibt, Rick wird die gerechte Strafe bekommen. Ob er Rosanna tötete oder nicht, ist mir scheißegal. Er muss büßen für das, was er mir angetan hat. Ich hoffe und bete, er landet auf dem elektrischen Stuhl und wenn sie einen brauchen, der den Strom einschaltet, werde ich es tun..."

Laila de Sallab stierte ihn an, als wäre er ein Ungeheuer. Sie wollte antworten, aber sie fand nicht die richtigen Worte. Mühsam schluckte sie und wischte die Tränen von den Wangen. Sie konnte nicht glauben was sie gehört hatte.

Einige Minuten schwiegen beide.

Schließlich sagte sie so ruhig wie möglich: „Warum wurde Roberto Calluzzi nicht in den Zeugenstand gerufen? Er war Rosannas letzter Liebhaber, auch soll er am Mordabend bei ihr gewesen sein.- Vielleicht ist er wieder zurückgegangen?"

„Calluzzi besaß ein bombensicheres Alibi zur angeblichen Tatzeit", sagte De Sallab barsch. „Außerdem hätte ihn der Nachtportier sehen müssen."

„Vielleicht verließ Wonda für ein paar Minuten seinen Platz und Calluzzi gelang es unbemerkt sich in Lailas Zimmer zu schleichen?"

„Unsinn, Calluzzi war zur Mordzeit in seinem Lokal. Dafür gibt es zwanzig Gäste als Zeugen. Ricks Anwalt fiel mit dieser These auch auf die Schnauze."

Verächtlich sagte Laila: „Nick Collins war sein Geld als Strafverteidiger nicht wert!"

Er nickte voller Hohn: „Da muss ich dir recht geben, Kleines. Aber bedenke, dein Vater suchte sich den Anwalt selber aus. Doch so oder so, Rick kommt auf den elektrischen Stuhl. Ich stelle mich daneben und sehe zu, wie 8000 Volt in seinen Körper fackeln..."

„Du bist eine wahnsinnige Bestie!" schrie sie und rastete aus. Sie schlug ihm die Hand ins Gesicht, drehte sich um und rannte davon.

Hart blickte ihr Casper de Sallab hinterher. Seine Wange rötete sich langsam. Aber kein Muskel zuckte. Er setzte sein Gefährt in Fahrt.

***

Einen Tag später, am 3. Juli 1965, druckte die New York Times eine kurze Mitteilung auf der vorletzten Seite: Der Nachtclubbesitzer Rick de Sallab wurde zum Tode verurteilt. Die Geschworenen sahen es als bewiesen an, dass er seine Ehefrau Rosanna in der Nacht zum 27. Januar 1965 mit einem Strumpf so lange strangulierte, bis sie zu Tode erstickte.

***

Am Abend des gleichen Tages veranstaltete New Yorks Bürgermeisterkanditat Walter Douglas eine rauschende Party in seiner Luxusvilla in Greenwich Village.

Alles was Rang und Namen innehatte und die politische Einstellung des Gastgebers vertrat, tummelte sich auf der Fete. Bekannte Filmstars, weniger bekannte Starletts, Sänger, erfolgreiche Sportler, Klatschreporter, politische Freunde, Wahlhelfer und Finanzmanager.

Unter den Gästen amüsierten sich auch zwei Privatdetektive, die sich in den letzten Jahren einen guten Ruf im Stadtteil Bronx erarbeitet hatten.

Steven B. Welden tanzte mit einer rassigen Dunkelhäutigen, deren tief ausgeschnittenes, goldlameiertes Latexkleid, wie eine zweite Haut an ihren wohlgeformten Körper klebte.

In gespielter Verzweiflung stöhnte Welden: „Oh Honey, dein Sex-Appeal raubt mir den Verstand."

„Wir könnten ja schnell in einem Schlafzimmer verschwinden", gurrte das Vollblutweib. „Dort zeige ich dir noch ein bisschen mehr von mir!"

Er lächelte sein charmantestes Lächeln. Steven Boy Welden war knapp 30Jahre jung, 180 cm groß, schlank und durchtrainiert. Die hellen Augen funkelten wie Gletschereis. Eine leicht schiefe Nase, an der rechten Wange eine kleine Messerschnittnarbe. Dunkle, fast schwarze Haare, eine Spur zu lang. Welden war nicht unbedingt ein schöner Mann, eher wirkte er wie ein Pirat aus einem alten Hollywoodfilm. Aber die Frauen mochten sein draufgängerisches und offenes Wesen.

„He, Steven, was sagst du zu meinem Angebot?" fragte Carol Lovers. Sie war eine berühmte Blues- und Jazzsängerin. Ganz eng drückte sie ihren üppigen Busen an ihn. „Oder versprichst du mehr, als du halten kannst?"

Schelmisch sagte er: „Ich würde schon gerne wollen. Nur - wie erkläre ich das meiner Frau? Machst du das?"

Lachend warf sie den Kopf mit der wilden Löwenmähne nach hinten. „Der Himmel bewahre mich. Dein Engelsweib kratzt mir die Augen aus. Ich verzichte. Schade, du wärst mir eine Sünde wert gewesen."

„Na,na, falle nur nicht in Depression!" Er küsste sie leicht auf den Erdbeermund. „Ich bin doch der Leidtragende. Mir entgeht doch dein sündhafter Körper.- Komm Carol, lass uns Champagner schlürfen und gemeinsam trauern."

Welden nahm ihren nackten Oberarm und führte sie von der übervollen Tanzfläche.

Einem herumstehendem Ober schnappte er zwei Sektgläser vom Tablett, reichte eines Carrol und stieß mit ihr an. „Cheers Baby!"

Ein hagerer, dunkelblonder Mann, elegant gekleidet, schwarze Hose, schneeweißes Jackett, wollte sich an ihnen vorbeischlängeln.

„He, Jeck!" stoppte ihn Welden.

Jeck Born, auch Privatdetektiv, Partner und Weldens bester Freund, blieb neben ihnen stehen. Sein Habichtgesicht, lange Hakennase, braune Augen, buschiger Oberlippenbart, wirkte schlitzohrig und clever.

Welden machte Carol den Freund bekannt. „Carol, dieser smarte Bursche heißt Jeck Born und ist einer der letzten eisernen Junggesellen New Yorks. - Jeck, dieses Vollblutweib ist Carrol Lovers, du weißt schon, die Carol Lovers."

Aus Borns Antlitz sprang ehrliche Begeisterung und seine Stimme überschlug sich beinahe. „Carol Lovers? Das glaub ich nicht..."

Spontan ergriff er ihre Hand und küsste jeden einzelnen Finger. „Ein Traum erfüllt sich endlich. Ich, Jeck Born, der kleine, unbekannte Detektiv, darf den bestaussehenden, den bestrickenden weiblichen Superstar unseres Jahrhunderts die zarten Finger küssen. Mann, o Mann, das glaubt mir niemand. Carol Lovers, das Traumgirl von Millionen Männer, gestattet mir, ihre Hände zu berühren. Oh Gott, lass mich nie aus diesem Traum erwachen."

„Das ist kein Traum, mein lieber Jeck!" hauchte die dunkle Schönheit.

Welden musste sich abwenden, um nicht lauthals loszulachen, ob Jecks übertriebener Schwärmerei. Nur mit letzter Mühe gelang ihm dies und er entfernte sich unauffällig von den beiden Turteltauben.

„Eine großartige Party, finden Sie nicht auch?" prostete ihm ein hochaufgeschossener, zaundürrer Mann im schlechtsitzenden Smoking mit erhobenem Sektglas zu. „Mein Name ist Sack Emath, Reporter der New York Times und Sie sind... Sagen Sie es nicht, lassen Sie mich raten. Sie sind ein berühmter Schauspieler. Errol Flynn! Richtig?"

Freundlich korrigierte ihn Welden: „Ich muss Sie enttäuschen. Ich bin nicht Errol Flynn, ich bin Steven B. Welden und betreibe eine Ermittlungsdetektei."

„Mann, das war doch nur ein Witz", lachte der Zeitungsmann. „Flynn ist doch 1959 frühzeitig verstorben!" Er musterte den Detektiv von oben bis unten. „Ein Schnüffler? Steven B. Welden? Noch nie gehört den Namen. Wie kommen Sie zu einer Einladung?"

Freundlich konterte Welden: „Wie war Ihr Name? Sack Emath? Schreiben Sie nicht über die Rinderzucht Arizonas?"

„Eins zu null für Sie!" lachte Emath respektvoll. „Eine gute Retourkutsche. Waffenstillstand?"

„Hätten wir Krieg, wären Sie schon tot!" sagte Welden und zeigte dem Zeitungsmann seinen Rücken.

Ein kleiner, silberhaariger Mann winkte Welden zu.
„Hallo, Steven", begrüßte ihn Walter Douglas, der Gastgeber. „Ich hoffe, Sie fühlen sich wohl. Tun Sie, als wären Sie hier zu Hause."
„Vielen Dank, Mr. Douglas!" Mit dem Zeigefinger fuhr Welden hinter Hemdkragen und Hals. „Ich werde es versuchen. Aber ihre Welt ist nicht meine Welt. Zu formell!"
New Yorks distinguierter Bürgermeister freute sich. „Erfrischend, ihr ehrlicher Stil. Ich weiß zu schätzen, dass Sie meiner Einladung Folge leisten. Ich nehme an, dies habe ich hauptsächlich Ihrer charmanten Gattin zu verdanken. Eine wunderbare Person. Sie sind ein Glückspilz, Steven."
„Ja, ich weiß", nickte Welden.
Kameradschaftlich klopfte ihm Douglas auf die Schulter: „Gönnen Sie sich einfach ein bisschen Spaß. Probieren Sie es! Wir sehen uns wieder. Und denken Sie an mein Angebot. Es steht bis Montag."
Der Politiker wurde von anderen Gästen in Beschlag genommen.

Währenddessen suchte Welden unter den ausgelassenen Gästen nach seiner Frau Grazia. Er konnte sie allerdings nicht ausfindig machen.
Um Mitternacht steuerte das Fest dem Höhepunkt entgegen. Die ersten Partyteilnehmer ließen bereits die Hüllen fallen und sprangen in Badekleidung in den riesengroßen beheizten Swimmingpool, dessen klares Wasser von einer Vielzahl über den Becken hängenden Lampions angestrahlt wurde und die glänzende Oberfläche in ein Meer von funkelnden Lichtfarben verwandelte.

Welden trat zur erleuchteten Terrasse hinaus. Er hockte sich in einen der grün lackierten Plastikstühle und beobachtete das bunte Treiben rund um das Schwimmbassin. Die Nacht war sternenklar und warm. Weit streckte er die Beine aus und zündete eine Zigarette an. Urplötzlich versank er in tiefe Melancholie. Das Gekreische und Gelächter der Badenden entfernte sich mehr und mehr, wurde immer leiser, bis ihn totale Stille einhüllte...

Vor gut einem halben Jahr halfen Steven B. Welden und Jeck Born dem Kommunalpolitiker Walter Douglas aus einer peinlichen Erpressergeschichte. Ihnen gelang es, die Angelegenheit so zu regeln, dass der aufstrebende Abgeordnete eine reine Weste behielt und der Fall nicht an die Öffentlichkeit reichte. Das war der Anfang der Karriere der Welden & Born Detektei. Douglas schanzte ihnen gutbezahlte Aufträge zu. Das erfolgreiche Duo wurde zum Insidertip.

Aber jetzt unterbreitete ihm Douglas ein Wahsinnsangebot. Er sollte sein persönlicher Beschützer und Chef der Leibwächtergarde werden. Mit einem Monatsgehalt, das Weldens Jahreseinkommen als Privatdetektiv weit übertraf.

Wenn er wollte, dann war es vorbei. Das aufreibende, unstete Leben. Vorbei die Jagd nach Betrügern und Räubern. Vorbei die Prügeleien in dunklen Spelunken, vorbei das stundenlange Beine in den Bauch stehen, bei Regen und Kälte in irgendeiner finsteren Gasse, um einen betrügerischen Ehemann in Flagrante zu erwischen.

Ein leichteres Leben winkte. Wollte er das?

Er erinnerte sich, wie alles begann. Als er, Jeck Born und Fred Bever vor Jahren die Detektivlizenzen erwarben und in einem schäbigen Hinterhof der Bronx ihr Büro eröffneten. Wochenlang klingelte kein Telefon, war kein Auftrag in Sicht. Sie lebten von der Hand in den Mund, wussten oft nicht wie sie Miete und Strom bezahlen sollten.

Damit es weiterging, nahmen sie Nebenjobs an. Welden fuhr kurzzeitig Taxi, Born arbeitete als Türsteher einer Nachtbar und Bever als Wagenwäscher.

Allmählich häuften sich die Aufträge. Wie davongelaufene Söhne und Töchter wieder zurückzubringen, fremdgehende Ehefrauen zu beschatten, kleinere Versicherungsdelikte aufzudecken. Die Zeiten besserten sich.

Trotzdem, das große Geld war nicht zu verdienen. Der lebenslustige Fred Bever, dessen Geldknappheit notorisch war, kapitulierte. Er wechselte den Beruf und stieg aus.

Doch Steven B. Welden und Jeck Born blieben hartnäckig. Sie wollten ihren Traumberuf nicht hinschmeißen.

Und es ging immer weiter aufwärts. Immer öfters wurde ihr Name genannt, wenn es um loyale und vertrauliche Ermittlungen ging. Jetzt hatten sie es geschafft. Sie waren einigermaßen gut im Geschäft.

Das sollte er aufgeben. Die Freiheit, die berufliche Unabhängigkeit. Nur um Angestellter eines reichen Mannes zu werden, dessen zweiter Schatten zu sein. In zu beschützen, immer zu Diensten zu sein, nach Urlaub zu fragen. Die eigene Identität zu verleugnen, ein Arschkriecher zu sein. Das alles wegen mehr Geld?

Er fasste eine Entscheidung. Laut sagte er: „Nein, niemals!"

„Aber Darling...", holte Welden eine weiche Frauenstimme in die Gegenwart zurück und der akut eintretende Lärm traf ihn wie ein Schlag. „Du kannst als Ehrengast doch kein Schläfchen machen und dabei Selbstgespräche führen."

Er blickte auf. Vor ihm stand eine wunderschöne, gertenschlanke Frau in einem rubinroten Partykleid. Schulterlanges, weizenblondes Haar, himmelblaue Augen, sinnliche Lippen, gerade Nase, wenig Make up. Ihr Charme und ihre Weiblichkeit verschlugen jeden Mann den Atem.

Verwirrt dachte er: 'Verdammt, wieso liebt dieses herrliche Geschöpf ausgerechnet mich? Sie könnte alle reichen Männer dieser Welt besitzen. Aber sie wählte mich. Mich, den spröden, manchmal übelgelaunten Privatdetektiv, den sie zärtlich Boy nannte. Mich, den rauen, trinkfesten Kerl, der nicht immer seine Gefühle zeigte, der stets zu wenig Dollars verdiente. Mich liebte sie.'

Etwas ungelenk erhob er sich, zertrat den Glimmstengel, legte die Arme um ihre Wespentaille und küsste sie mitten auf den Mund.

„Oh, Mr. Welden", rang Grazia nach Luft und strich eine widerspenstige Locke aus der Stirn. „Du küsst deine eigene Frau. Was werden die wildfremden Leute darüber denken?"

„Seit wann kümmert uns das Geschwätz Anderer?" Begehrlich küsste er sie erneut. „Komm, Liebling, wir verschwinden. Ich will dich jetzt!"

Verschämt kicherte sie: „Du bist verrückt, Boy! Was machst du, wenn ich dich beim Wort nehme. Kneifst du dann?" Sie rieb ihren Körper an den Seinen.

Stark erregt raunte er in ihr Ohr: „Du schamloses Biest! Komm mit und ich beweise dir, dass ich nicht kneife."

„Angeber", hauchte Grazia, nicht minder erregt wie er. Eine bezaubernde Röte erhitzte ihre Wangen. „Du traust dich nicht oder doch?"

Da stemmte er sie einfach hoch und trug sie an den verschmitzt lächelnden Gästen vorüber in das große Wohnzimmer zurück. Grazia strampelte mit den wohlgeformten Beinen und verlor einen hochhakigen Pumps.

Gerade trabte Jeck Born von der Tanzfläche, bei ihm eingehängt die heißblütige Carol Lovers.

Hilfsbereit bückte sich diese nach den gefallenen Schuh, dabei befürchtete Welden ihr draller Busen purzelte aus ihrem gewagten Dekolleté. Ungeniert hob sie den Schuh auf und reichte ihn Grazia.

Die erotische Spannung war wie weggeblasen. Die Realität gewann die Überhand.

Anerkennend sagte Carol: „Schätzchen, ich gratuliere dir zu diesen Mann. Ich wäre ganz scharf auf ihn. Aber ich konnte nicht bei ihm landen."

„Das verstehe ich nicht", wunderte sich Grazia. Sie hielt sich an Weldens Schulter fest und streifte den Stöckelschuh über. „Bei diesem raffinierten Kleid muss doch jeder Mann den Verstand verlieren."

Grinsend fragte Welden: „Was meint ihr zwei Hübschen? Soll ich uns an der Bar einen explosiven Cocktail mixen?"

Zu viert steuerten sie die Theke an. Welden stellte sich dahinter, holte verschiedene Flaschen aus dem Regal, warf Eiswürfeln in den Shaker und mischte einen Trink zusammen.

In diesen Moment übertönte ein schriller Entsetzensschrei die Geräuschkulisse: „Zu Hilfe! Zu Hilfe! Einen Doktor, mein Gott, Jane verblutet! Hilfe...!"

Steven B. Welden reagierte am schnellsten. Er stellte die Whiskyflasche und den Handmixer auf den Tresen und eilte, dicht gefolgt von Jeck Born, zur Terrasse, von dort kam der Schrei und entstand unverständlicher Tumult.

Blitzartig verstummten alle Partystimmen. Nur aus den Lautsprecherboxen sang Elvis Presley, Love me Tender.

Energisch rempelte Welden die neugierig gaffenden Gäste beiseite. Und dann bot sich ihm ein grauenvoller Anblick. Am Schwimmbeckenrand lag eine hingestreckte, weibliche Gestalt. Unter ihrem Leib bildete sich eine immer größer werdende Blutlache. Aus dem Rücken ragte der Griff eines Messers.

Daneben kniete eine Frau. Das Gesicht vor Schrecken verzerrt. Hilfesuchend sah sie zu Welden auf.

Elvis Presley schmachtete weiter: Love me tender, love me thru...

Verärgert fauchte Welden: „Zum Teufel, vielleicht schaltet jemand die Musik ab!"

Er kniete sich nieder und wendete den Kopf der am Boden liegenden Frau. Gläserne Augen, weit aufgerissener Mund, wachsbleiche, eingefallene Wangen.

Welden legte zwei Finger an die Halsschlagader und fühlte keinen Puls schlagen. Die Frau war tot. Hier kam jede Hilfe zu spät. Er kannte die Frau. Sie hieß Jane Clairland und war eine berühmt-berüchtigte Klatschkolumnistin einer auflagenstarken Boulevardillustrierten. Sie wurde in der oberen Gesellschaftsschicht, der sogenannten High Society, wegen ihrer scharfen Zunge nicht von allen geliebt.

Der Lautsprecher knackte vernehmlich, als jemand den Plattenspieler abstellte. Lediglich das stoßweise Wimmern der Frau, die neben der Toten weilte, bohrte an den Nerven.

Fast unbemerkt trat Walter Douglas an Weldens Seite und sagte befehlsgewohnt: „Rufen Sie die Polizei, Steven. Das ist ja eine schöne Schweinerei. Ein Mord auf meiner Gesellschaft fehlte mir noch so kurz vor dem Wahlkampf. Sie beginnen sofort mit den Ermittlungen und werden die Geschichte aus der Welt schaffen."

Ruhig erwiderte Welden: „Mr. Douglas, ich bin nicht Ihr Laufbursche und stehe auch nicht auf Ihrer Gehaltsliste."

„Jetzt können Sie beweisen, ob Sie das Geld wert sind, das ich gewillt bin für Sie zu zahlen. Zeigen Sie wie gut Sie sind, Steven! Klären Sie den Mord auf!"

Welden schlüpfte aus seinem dunklen Blazer und bedeckte damit das Gesicht der Toten. Beinahe bedrohlich spürte er die sensationslüsternen auf ihn gerichteten Blicke der Anwesenden, die einen Halbkreis um den Tatort bildeten.

Deutlich sagte er in die spannungsgeladene Stille: „Es ist wohl klar, dass niemand das Haus verlassen darf, bis die Cops eintreffen und die Untersuchung einleiten."

Honigsüß meldete sich der Zeitungsmann Sack Emath aus dem Kreis der Gäste: „Was werden Sie unternehmen, Mr. Welden?" Er zückte einen Bleistift und einen Notizblock. „Ermitteln Sie auf eigene Faust?"

„Auf keinen Fall werde ich das tun", sagte Welden beherrscht. „Das ist ausschließlich die Angelegenheit der Polizei. Sie ist für Mord zuständig."

Ein schmieriges Lächeln begleitete Emaths Worte: „Aber Mr. Welden! Ein Mord im Hause des designierten Bürgermeisters Walter Douglas, der Ihnen den Fall überträgt, und Sie verweigern sich, brüskieren den Gastgeber! Können Sie sich diese Arroganz überhaupt leisten? Dank dem Bürgermeister sind sie beruflich hochgestiegen.

Aber wer hoch fliegt, fällt sehr tief."
Nun verlor Welden seine mühsam gehaltene Ruhe. Grob sagte er: „Verschonen Sie mich mit Ihrem albernen Geschwätz, Emath. Kümmern Sie sich gefälligst um Ihren eigenen Mist, Sie scheinheiliger Pharisäer!"
„Darf ich Ihre Rede für meine Leser wörtlich zitieren?"
Bevor Welden antworten konnte, flüsterte Douglas scharf hinter ihm: „Sind Sie vorsichtig mit dem was Sie sagen, Steven. Sie schaden Ihrer Karriere. Ich kann mir keinen Presseskandal leisten. Ich warne Sie, verbauen Sie nicht Ihre und meine Zukunft!"
Zorn wallte in Welden hoch: „Ich bin nicht Ihr Leibeigener...!"
„Was bedeutet dieser geschmacklose Streit?" unterbrach die neben der Leiche aufgestanden Frau die Debatte. Mit dem Taschentuch trocknete sie die Tränen, verschmierte dabei den violetten Lidschatten. „Mein Gott, Jane ist mitten unter uns ermordet worden, direkt vor unseren Augen. Das ist doch schrecklich und keiner unternimmt etwas. Sie müssen was tun, Mr. Welden!"
Der Angesprochene zuckte nur mit der Achsel. „Ich muss überhaupt nichts tun, Verehrteste. Ich warte, wie sie alle, auf die Polizei. Sie allein wird die Untersuchung führen. Ich kann nur jeden empfehlen, genau zu überlegen, was er den Bullen erzählt. Tatsache ist nun mal, dass der Mörder unter uns weilt. Und weiter glaube ich, es ist fast unmöglich die Tat zu begehen, ohne beobachtet zu werden. Der Killer muss hinter Jane Clairland gestanden haben, als er ihr den Dolch in den Rücken rammte. Haben Sie wirklich nichts gesehen, Miss Tyler? Sie entdeckten die Erstochene als erste. Wo standen Sie, als es passierte?"
Rachel Tyler, eine bekannte Theaterschauspielerin, groß und schlank, das kastanienbraune Haar zur modischen Farah Diba Frisur hochtoupiert, viel Rouge auf dem Teint, aber nicht unsympathisch, sagte mit

weinerlicher Stimme: „Ich beobachtete nur, wie Jane am Terrassenpfeiler lehnte, plötzlich taumelte sie ein paar Schritte vor und stürzte vor mir auf den Kachelboden. Zuerst dachte ich, sie wäre nur gestolpert. Doch dann waren da das Messer und das viele Blut! Schrecklich!"

„Und sonst?" hakte Welden nach. „Wer stand bei Jane an der Säule? Unterhielt sie sich mit jemandem? Was ist Ihnen aufgefallen?"

Angstvoll starrte ihn Rachel Tyler an: „Glauben Sie mir, Mr. Welden, ich habe nichts bemerkt. Niemand weilte bei Jane in der Nähe. Ganz sicher bin ich mir allerdings auch nicht."

„Demnach muss der Mörder hinter der Betonsäule gelauert haben", folgerte Welden laut. „Als Jane sich anlehnte, erstach er sie von hinten, tauchte in der feiernden Menge unter und spielt nun wie alle anderen den Betroffenen. Schwer zu glauben, dass Sie nicht mehr beobachtet haben, Miss Tyler. Hoffentlich glaubt dies der Täter auch."

Ihre Augen vergrößerten sich: „Was wollen Sie damit andeuten, Mr. Welden? Sie machen mir Angst oder? Sie vermuten doch nicht..."

„Eventuell denkt der Mörder, Sie haben ihn erkannt und verraten ihn an die Polizei. Sie könnten das nächste Opfer sein, Miss Tyler. Er wird keinen Zeugen am Leben lassen."

Entsetzt schlug sie die Hände vor das Gesicht und jammerte: „Das ist nicht wahr! Oh, Gott stehe mir bei. Ich verschweige nichts. Ich habe weder etwas Auffälliges gehört noch etwas gesehen. Das ist die Wahrheit!"

Schneidend sagte Walter Douglas: „Ich denke das reicht, Steven! Wie können Sie die arme Frau so unter Druck setzen. Sie ist Zeugin eines Mordes geworden. Sie steht unter Schock. Mäßigen Sie Ihre Anschuldigungen!"

Brüsk drehte Welden den Gastgeber einfach den Rücken zu und drängte sich durch den dichten Menschenring. An der Bar erwartete ihn eine nachdenkliche Grazia.

„Ich war nicht besonders diplomatisch, was, altes Mädchen?"
Ernst schüttelte sie ihr prachtvolles Goldhaar. „Da gebe ich dir recht, das war eine schlechte Show von dir, Hundeschnauze. Du hattest schon mal bessere Tage."
Er kannte sie ausgezeichnet. Immer wenn Grazia ihn Hundeschnauze nannte, ärgerte sie sich über ihn. „Ja, ich weiß", lenkte er ein. „Ich führe mich auf wie ein Elefant im Porzellanladen. Aber diese borniert Gesellschaft geht mir an die Nerven."
„Diese bornierte Gesellschaft hat dich eingeladen und du hast die Einladung angenommen. Du bist ein Gast, dann benimm dich auch so."
Ergeben nickte er: „Du hast Recht, Darling. Es tut mir leid."
„Spiel nicht den gereizten Stier", sagte Grazia, schon milder gestimmt. „Die Leute erwarten von dir schließlich mehr, als nur boshafte Andeutungen. Du bist nun mal Privatdetektiv und einer der besten dazu. Ob es dir passt oder nicht. Du bist Steven Boy Welden, vergiss das nicht."
„Die Cops sind da!" kündigte eine Stimme an.
Ein mittelgroßer, übergewichtiger Mann im grauen Trenchcoat erschien im großen Wohnzimmer. Flankiert von zwei weiteren Männern.
Der Beamte lüpfte den Hut und sagte höflich: „Guten Abend, Ladys and Gentlemans. Mein Name ist James Hoogan, Lieutenant vom 14. Distrikt. Meine Begleiter sind Dr. Watson und Sergeant Phill Steel. Ein Mr. Jeck Born benachrichtigte uns telefonisch über einen angeblichen Mord."
Genauso höflich stellte sich Welden vor und klärte auf: „Die Verblichene liegt draußen am Schwimmbecken. Die Jacke über der Leiche gehört mir. Ich hoffe, die Polizei erstattet mir die Reinigungskosten."
„Ihr schwarzer Humor gefällt mir, Mr. Welden", sagte Hoogan ungerührt. Er schritt zur Terrasse hinaus. Die erwartungsvollen Anwesen-

den machten ihm den Durchgang frei.

Der Polizist beugte sich zu dem Leichnam, zog das Sakko weg und musterte ausgiebig das leblose Antlitz. „Wer ist die Frau?"

„Jane Clairland", sagte Welden, der hinter ihm stehen blieb. „Eine allseits beliebte Journalistin. Sie schrieb über die Reichen und Berühmten."

„Die Lage der Toten wurde nicht verändert?"

„Richtig", bestätigte Welden trocken. „So wie sie vor Ihnen liegt, so fand man sie."

Hoogan richtete sich wieder gerade. „Dr. Watson, Ihr Patient!"

Der weißbärtige Polizeiarzt klappte seinen kleinen Handkoffer auf und holte eine Bleistiftlampe heraus, leuchtete in die Augenpupillen der Ermordeten, tastete nach den Puls.

„Wer entdeckte die tote Frau?" fragte Hoogan und schaute in den Halbkreis der neugierigen, aber Abstand wahrenden Zuschauer.

Stockend meldete sich Rachel Tyler: „Ich habe sie stürzen sehen. Aber...aber ich habe den Mörder bestimmt nicht erkannt. Ich schwöre das. Ich sah nur Jane fallen."

„Jane Clairland besaß nicht nur Freunde", meinte Hoogan gelassen. „Oder irre ich mich?"

Ungefragt warf Welden ein: „Alle liebten Jane. Auch wenn sie eine fiese Schlüssellochvoyeurin war, die alle intimen Geheimnisse einer Privatsphäre in der Öffentlichkeit ausbreitete und dabei mit der Wahrheit nicht allzu genau war. Hauptsache, es brachte Schlagzeilen und steigerte die Zeitungsauflagen. Ihr Ableben beschert ihr noch einmal eine letzte Titelstory."

Weiterhin blieb Hoogan unbeeindruckt: „Ihren eigentümlichen Humor kenne ich bereits, Mr. Welden. Aber sagen Sie mir, warum Sie den Clown spielen? Wollen Sie etwas vertuschen? Kannten Sie die Tote näher?"

„Dafür war ich ihr zu unbedeutend", grinste Welden. „Nein, wir wurden uns nicht einmal vorgestellt. Ich bin nur ein unwichtiger Gast."

„Ich verstehe", lächelte Hoogan.

Energisch übernahm Walter Douglas das Wort: „Verzeihen Sie, Lieutenant. Mr. Welden konsumierte zuviel Alkohol, daher seine Aufdringlichkeit.- Ich bin der Gastgeber dieser leider so tragisch endenden Feier. Ich unterstütze ihre Tätigkeit in jeder Weise."

„Wenn es eine Gästeliste gibt, will ich sie einsehen. Dann benötige ich einen Raum, in dem ich die Gäste einzeln befragen kann."

„Selbstverständlich, Lieutenant! Sie dürfen mein Arbeitszimmer benützen."

Kühl richtete Hoogan die Worte an die Anwesenden: „Ladys and Gentlemans, halten sie sich bitte zur Verfügung. Ich rufe sie nach dem Alphabet auf. Ich verspreche ihnen schnelle und unbürokratische Arbeit. Ich danke für ihr Verständnis."

Er wandte sich an den Arzt: „Wie sieht es aus, Dr. Watson?"

„Es ist ein präzise ausgeführter Messerstich. Er drang von hinten unterhalb des linken Schulterblattes direkt ins Herz. Der Tod ereilte die Frau sekundenschnell."

Lieutenant James Hoogan, seit dreißig Jahren bei der New Yorker Mordkommission, war nicht im Geringsten beunruhigt. „Na schön, Watson, können Sie sagen, wie nahe der Mörder an der Frau dran war, als er zustieß?"

„Das ist schwer zu beantworten, wenn nicht unmöglich. Vielleicht ergibt die Obduktion genauere Aufschlüsse. Doch richten Sie ihre Konzentration auf die Tatwaffe, Hoogan. Das ist eine Klinge, die im Circus von Messerwerfern bevorzugt wird. Ein nicht alltägliches Mordinstrument!"

Unbemerkt wollte sich Steven B. Welden vom übervollen Terrassenplatz zurückziehen, als ihn Walter Douglas überhebliche Stimme einholte. Er sprach so laut, dass dies kein Gast überhören konnte: „Mr. Welden, ich lehne Ihre Bewerbung ab und werde Sie nicht als meinen persönlicher Berater engagieren. Sie verlassen nach der polizeilichen Befragung mein Haus und werden dieses nie wieder betreten."

***

Unrasiert, in ausgebleichten Blue Jeans und alten T-Shirt, lümmelte Steven B. Welden auf seiner Wohnzimmercouch. Aus dem Radio rieselte leise Swingmusik.
  Er rauchte eine Zigarette und dachte an die vergangene Nacht. Das Verhör durch den Lieutenant dauerte nur zwanzig Minuten, dann durfte Welden gehen. Über das Ergebnis schwieg Hoogan natürlich.
  Ein Taxi fuhr Welden und Grazia zu ihrer Wohnung in der Perrystreet im Stadtteil Manhattan. An Schlaf war kaum zu denken. Gegen 11Uhr vormittags verzehrte er ein verspätetes Frühstück.
  Jemand klopfte an der Tür. Noch bevor Welden antworten konnte, betrat Jeck Born den Wohnraum. Frisch rasiert und gekämmt, im saloppen weinroten Blazer, gelbgrün gestreifte Krawatte, sah er aus wie das blühende Leben. Als hätte er 24 Stunden Tiefschlaf hinter sich. Bestens gelaunt grüßte er: „Einen wunderschönen guten Morgen!"
  Er warf dem Freund eine zusammengerollte Tageszeitung in den Schoß und plazierte sich ihm gegenüber im Ledersessel.
  Griesgrämig murmelte Welden etwas, das wie, „Morgen", klang und faltete das Blatt auseinander. Es war die aktuelle Ausgabe der **New Yorker Times.**
  Mord im Hause Walter Douglas lautete die groß aufgemachte Schlagzeile, darunter, ein wenig kleiner gedruckt: Exklusivbericht von Sack Emath.
  In der Nacht zum 4.Juli wurde auf der Gesellschaftsparty, die New Yorks designierter Bürgermeister Walter Douglas für seine privaten Freunde veranstaltete, die berühmte Starjournalistin Jane Clairland auf grausamste Weise ermordet. Das furchtbare Geschehen artete

zum Skandal aus, als der wenig erfolgreiche Privatdetektiv Steven B. Welden, unübersehbar stark angetrunken, die anwesenden Gäste auf das widerwärtigste beschimpfte. Unter anderen auch den Verfasser dieses Artikels, den er sogar verdächtigte an der entsetzlichen Tat beteiligt gewesen zu sein. Der Schreiber behält sich rechtliche Schritte gegen dieses verleumderische Anschuldigen vor..."

Wütend zerknüllte Welden die Zeitung und schleuderte sie durch den Raum. „Schmierenkomödiant!"

Gelassen konterte Jeck Born: „Das musst du dir selber zuschreiben. Welcher Teufel hat dich gestern geritten? Du hast den Kerl ja geradezu herausgefordert."

„Der Wortverdreher interessiert mich nicht!" Erregt zerdrückte Welden die Zigarette, stand auf und wanderte im Zimmer hin und her.

Seelenruhig fragte Born: „Was gedenkst du zu tun?" Und steckte sich einen Glimmstengel an.

Verdrossen blickte ihm Welden ins feixende Gesicht. „Was gedenkst du zu tun!", äffte er nach. „Sag mal, spinnst du? Ich tue gar nichts. Der Fiesling kann schreiben was er will. Wir haben schließlich Pressefreiheit. Und für den Mord sind allein die Bullen zuständig. Ich bin nicht im Spiel."

„Aber ich bin im Spiel. Ich kümmere mich um den Mord, auch ohne offiziellen Auftrag. Mit oder ohne deine Hilfe. Ich lass mir unseren Namen nicht von einem windigen Zeitungsfritzen kaputtmachen."

„Mann, Mann", stöhnte Welden und plumpste in den Diwan. „Er lässt sich nicht den Namen kaputtmachen. Was für eine Scheiße! Ich flüstere dir etwas, mein Freund. Was die Leute von mir denken ist mir egal. Wir haben eine ausgezeichnete New Yorker Polizei und wir werden ihr nicht in die Arbeit pfuschen. Jedenfalls bezieht sich dies auf mich. Du kannst natürlich tun, was du für richtig hältst."

„Genau, du sagst es klar und deutlich", sagte Born süffisant, änderte aber den Tonfall seiner Stimme: „Okay, Boy, ich berichte dir dennoch eine Neuigkeit. Es schwirrt das Gerücht herum, unser Sack Emath unterhielt vor einiger Zeit eine Liebesaffäre mit Jane Clairland."

Leicht konsterniert hob Welden die linke Augenbraue: „Was erzählst du für einen Schwachsinn? Ich habe mich wohl verhört? Wiederhole das!"

„Unser smarter Sensationsreporter war mal mit der reizenden Jane liiert!" Born tupfte die Zigarettenasche ab.

Entschieden widersprach Welden: „Du bist verrückt, wenn du diesen Quatsch glaubst. Sack Emath und Jane Clairland ein Liebespaar? Die knochige Klatschtante war doch 20 Jahre älter als er. Wer möchte den die noch vögeln? Woher kommt deine unmögliche Information?"

„Das ist Berufsgeheimnis, lieber Boy. Ich kann dir meine Quelle nicht nennen. Aber sie ist absolut zuverlässig."

„Altweibergewäsch! Ich glaube kein Wort davon. Doch was soll's? Wenn an der Story tatsächlich ein Körnchen Wahrheit ist, wird sie auch Lieutenant Hoogan erfahren."

„Sicher wird er davon erfahren", stimmte Born zu. Er löschte die Zigarettenglut im gläsernen Aschenbecher. „Aber wieder einmal wären wir den Cops eine Nasenlänge voraus."

„Du alter Gauner, du kannst es einfach nicht lassen, dich in fremde Angelegenheiten einzumischen."

„Das sind keine fremden Angelegenheiten", bestritt Born. „Der Mord passierte quasi unter unseren Augen. Das können wir nicht auf sich beruhen lassen. Es gibt einen Ehrenkodex. Vergiss deinen falschen Stolz, vergiss den blasierten Douglas. Die Lösung des Falles bringt uns die beste Eigenreklame. Die Medien werden uns hoch jubeln und die Aufträge und die Moneten werden uns überrollen. Lets go, Alter! Wie packen wir es an?"

Nun konnte sich Welden ein Lächeln nicht verkneifen. „Jeck, du bist unglaublich. Niemand kann einem Honig ums Maul schmieren, so wie du."

Das breite Grinsen Borns spannte sich bis zu den Ohren. „Wie wäre es mit einem Whisky, Old Boy?"

„Du spinnst! Am frühen Morgen giert ihm nach einem Whisky. Du entwickelst dich zu einem Säufer!" Trotzdem ging Welden zur Schrankbar, entnahm eine angebrochene Flasche Jim Beam und zwei Gläser. Er goß zweifingerbreit ein und reichte dem Freund den Trink.

Anschließend setzte Welden sich wieder, nippte am Whisky und sagte: „Ich werde mich trotzdem nicht einmischen. Obgleich du mich beinahe überredet hättest. Ich will nicht und dabei bleibe ich. Wenn du Nachforschungen betreibst, tu es. Ich hindere dich nicht daran."

„Alles klar. Ich respektiere deine Meinung, auch wenn ich sie nicht gutheiße. Okay, wechseln wir das Thema. Sag mal, wo ist deine entzückende Grazia?" Genießerisch schlürfte Born den Whisky.

„Ich glaube, Grazia schläft noch. Es war eine kurze Nacht. - Apropos kurze Nacht, lief da doch was mit Carol Lovers? Wie war die heiße Nummer mit dem schwarzen Tiger?"

„Du hast einen miesen Charakter", tadelte Born. „Ich fuhr Carol nur nach Hause. Sie fühlte sich müde und hatte zuviel Champagner getrunken. Ich bin Kavalier und nütze solche weiblichen Schwächen nicht aus."

Perplex entfuhr es Welden: „Donnerwetter! Was ist los mit dir, Alter? Was höre ich für neue Töne? Früher hast du nie Rücksicht darauf genommen, ob eine schöne Braut zu müde war oder zuviel getrunken hatte. Du hast sie in die Kiste gezogen und vernascht!"

„Mag sein", seufzte Born herzerweichend. „Vielleicht war das früher einmal so. Aber die wilden Zeiten sind lange vorbei. Auch ich werde älter. Meine große Zeit ist dahin. Nichts ist mehr wie früher. Ich sollte mir ein anständiges Mädchen suchen und heiraten und Kinder zeugen."

„Um Himmelswillen! Um dich steht es ja schlimmer als angenommen. Du und heiraten und Kinder kriegen? Das meinst du nicht im

Ernst. Ich denke, du erlebst gerade eine kleine Midlifecrisis. Das geht vorbei und du wirst bald wieder der Alte sein."

Die Wohnzimmertür öffnete sich und Grazia Welden steckte den Kopf herein. „Darf ich in die Männerrunde platzen?"

„Welch ein Sonnenschein in diesen tristen Alltag", schwärmte Jeck Born und stand auf.

Grazia trug ebenfalls eine ausgewaschene Blue Jeans, darüber einen legeren, apfelgrünen Pullover und sie sah damit atemberaubend aus.

„Hallo, Jecky", begrüßt sie den Freund und hielt ihm die Wange zum Kuss hin, sagte dann zu Welden: „Tut mir leid, wenn ich euer interessantes Gespräch unterbreche, mein Schatz. Da will dich unbedingt ein überaus attraktives Mädchen sprechen und sie lässt sich nicht abwimmeln."

„Wie heißt sie und was will sie?"

„Sie sagt, sie heißt Laila de Sallab und den Grund ihres Besuches kann sie dir nur persönlich verraten."

Er überlegte: „Laila de Sallab? Den Namen habe ich schon irgendwo gehört oder gelesen. War da nicht ein Prozess?"

„Keine Ahnung", sagte Born ohne Interesse. „Aber sprich mit dem Mädchen und du wirst bestimmt alles erfahren."

Missbilligend musterte ihn Welden. „Du hast heute deinen schlauen Tag, was?"

Wortlos grinste Born.

„Es kann nicht schaden, wenn du mit dem Mädchen redest", schlug auch Grazia vor. „Sie macht einen verstörten Eindruck. Sieh mal nach ihr. Inzwischen leiste ich Jecky Gesellschaft."

Dieser strahlte ehrlich: „Prima, deine Anwesenheit ist mir sowieso lieber, wie die deines bärbeißigen Ehegatten."

„Na schön, ihr beiden Hübschen", sagte Welden. „Ich spreche mit dem Girl. Amüsiert euch gut, bis ich zurückkomme."

„Lass dir Zeit damit, Darling", lächelte Grazia verführerisch und

kuschelte sich zu Born in den breiten Ledersessel. „Wir werden uns die Zeit schon vertreiben, nicht wahr, Jeckylein?"
„Oooooh", machte dieser und kippte mit ihr und den Sessel nach hinten um.

***

In dem spartanisch eingerichteten Arbeitszimmer, möbliert mit einem schweren Eichentisch, zwei einfachen Stühlen und einem antiken Bücher- und Aktenschrank, wartete ein junges, schwarzhaariges Mädchen im grauen Tweedkostüm.
„Guten Morgen, ich bin Steven B. Welden", sagte er und schloss die Tür hinter sich. „Entschuldigen Sie meine saloppe Kleidung, aber ich rechnete mit keinem Besuch. Nehmen Sie doch Platz!"
Das hübsche Mädchen, nervös, unsicher, sagte mit zitternder Stimme: „Verzeihen Sie mir, Mr. Welden, dass ich Sie ohne Anmeldung belästige. Aber..aber ich weiß nicht mehr, was ich tun soll. Sie sind meine letzte Hoffnung. Wenn Sie mir nicht helfen können, dann... dann ist alles aus."
„Okay", beschwichtigte Welden sie. „Beruhigen Sie sich erst einmal." Sanft, aber bestimmt drückte er das Mädchen in den Stuhl.
„Ich heiße Laila de Sallab und bin die Tochter von Rick de Sallab..." Erwartungsvoll schaute sie ihn an. Er zeigte jedoch keine Reaktion, brannte sich eine Zigarette an und setzte sich hinter den rustikalen Schreibtisch.
Noch einmal betonte sie: „Rick de Sallab, Sie wissen doch...?"
„Ich weiß gar nichts", brummte er etwas unfreundlich und wollte es eigentlich gar nicht. „Wer ist Rick de Sallab? Müsste ich ihn kennen?"
Ihre Stimme festigte sich: „Rick de Sallab ist mein Vater. Er wurde von einem Gericht für eine Tat zum Tode verurteilt, die er nicht be-

gangen hat. Aber er tötete seine Frau nicht. Und Sie, Mr. Welden, müssen mir helfen seine Unschuld zu beweisen."

„Ja, richtig", sagte er. „Jetzt fällt es mir ein. Ich habe darüber gelesen. Rick de Sallab. Ein Nachtclubbesitzer, er strangulierte seine Frau, eine ehemalige Stripteasetänzerin mit ihrem eigenen Strumpf. War das ihre Mutter?"

„Nein, sie war meine Stiefmutter. Papa ließ sich wegen ihr scheiden. Aber Rosanna taugte nichts. Sie schlief ständig mit anderen Männern. Sogar Papas Bruder lockte sie ins Bett."

„Das erklärt natürlich den Mord", sagte er nüchtern.

„Himmel noch mal!", schrie ihn Laila unvermittelt an, dass er überrascht zurückzuckte. „Ich habe Ihnen doch schon gesagt, Papa hat Rosanna nicht getötet. Er liebte sie abgöttisch und verzieh ihr jeden Seitensprung."

„Das Schwurgericht war anderer Meinung..."

Aufgebracht fiel sie ihm ins Wort: „Die Geschworenen fällten ein glattes Fehlurteil. Mr. Welden, Sie müssen den wahren Schuldigen finden und meinen Vater rehabilitieren. Nennen Sie Ihren Preis. Geld spielt keine Rolle. Als ersten nehmen Sie sich Roberto Calluzzi vor, einen dreckigen Neapolitaner, den Papa aus der Gosse holte und zum Geschäftsführer eines seiner Lokale machte. Dafür stieg Calluzzi auch zu Rosanna auf die Matratze. Ich weiß, er war in der Nacht, als sie getötet wurde, bei ihr im Hotelzimmer. Somit kommt er als Täter in Betracht."

„Laila, es ehrt Sie sehr, wie Sie Ihren Vater verteidigen. Aber ich denke, es ist zu spät. Das Urteil steht fest. Daran ist nicht mehr zu rütteln. Ich glaube, ich kann Ihnen nicht mehr helfen."

„Der Prozess wurde nur auf fadenscheinige Indizien aufgebaut. Hauptsächlich stützte sich das Urteil auf die Aussage des Nachtportiers Henry Wonda."

„Ich nehme an, ein guter und teurer Rechtsanwalt vertrat die Interessen Ihres Vaters vor dem Gericht."

Abwertend rümpfte sie die Nase: „Nick Collins ist ein Stümper. Jahrelang kassierte er ein fürstliches Gehalt fürs Nichtstun. Nun hätte er beweisen können wie gut er tatsächlich ist. Aber er ist und bleibt eine Null!"

„Außer Ihr Vater, so habe ich den Eindruck, ist jedermann eine Null in Ihren Augen."

„Da haben Sie Recht, Mr. Welden", sagte Laila angewidert. „Ich hörte viel Gutes über Sie. Sie wären ein Mann, der stets den Hilfesuchenden beistand. Ich bin enttäuscht über Sie. Sie sind eiskalt, ohne wirkliches Interesse für mein Anliegen. Sie sind genau so eine Null wie alle anderen." Sie erhob sich vom Stuhl. „Nun gut, Mr. Welden. Dann werde ich mir selber helfen. Danke für die verschwendete Zeit. Leben Sie wohl!"

Regungslos hockte Welden am Schreibpult und starrte auf die geschlossene Tür. Der Duft ihres jugendlichen Parfüms schwebte in der Luft, obgleich sie das Büro schon lange verlassen hatte.

Etliche Minuten verrannen und er rührte sich nicht. Irgendwie war ihm unbehaglich und er wusste nicht warum. Schließlich langte er zum Bleistift und kritzelte drei Namen auf den Notizblock: **Nick Collins- Roberto Calluzzi- Henry Wonda.** Er tat das, ohne das es ihm eigentlich recht bewusst wurde.

Abermals ein Klopfen am Eingang. Er dachte, Laila de Sallab kam wieder zurück

Doch es war Grazia. „Hier will dich noch jemand sprechen, Liebling. Du bist heute sehr begehrt."

Ein klein gewachsener Mann schmuggelte sich an ihr vorbei. Aschgrauer Anzug, die Hose viel zu kurz und das Jackett viel zu klein, als wäre der Stoff beim Waschen eingelaufen.

„Ich bin George Factha", sagte der Bleichwangige. Verlegen verkrumpelte er seinen fleckigen Filzhut und stand wie verloren im

Raum.

Übelgelaunt sagte Welden: „Setzen Sie sich, Mr. Factha. Was kann ich für Sie tun?"

Wie ein alter Mann sackte der schmächtige Besucher auf den Stuhl. Er haspelte: „Ich komme, äh...ich vermisse..., es ist wegen meiner Frau..." Die dürren Finger zerknautschten den Hut. Große Angst in der Stimme: „Doreen ist verschwunden. Seit drei Tagen ist sie nicht mehr heimgekommen. Sie... sie ist bestimmt tot!"

„So ein Unsinn! Mein lieber Mann, wissen Sie wie viele Ehemänner in New York von ihren Frauen verlassen werden? Warten Sie erst einmal drei oder vier Wochen ab, dann wird Ihre Gattin den Liebhaber satt haben und zu Ihnen zurückkehren."

„Doreen hat keinen Liebhaber. Sie liebt nur mich", sagte Factha schlicht. „Wir sind seit einem halben Jahr glücklich verheiratet."

„Na schön, wieso glauben Sie, Ihrer Frau wäre etwas zugestoßen?"

Fahrig blickte Factha im Büro herum, als vermute er einen unsichtbaren Lauscher. Geheimnisvoll flüsterte er: „Meine Doreen arbeitete als Barmädchen in einem Nachtklub."

„Ihre Frau eine Barmieze?", bezweifelte Welden stark. „Wie kommen Sie an solche Mädchen ran? Sie sehen nicht aus wie ein Mann, der die Nächte in den Bars verbringt und leichte Frauen aufreißt."

Factha verteidigte sich: „Ich betrat noch nie so ein Amüsement. Doreen und ich lernten uns im Supermarkt kennen und ich durfte ihr die schweren Einkaufstüten in die Wohnung tragen. Sie lud mich zu einem Gläschen Wein ein." Er legte eine abgewetzte, kunstlederne Brieftasche auf den Tisch, klappte sie auseinander, entnahm eine postkartengroße Fotografie und zeigte sie Welden.

Überrascht betrachtete er das Schwarzweißbild und pfiff anerkennend durch die Lippen. „Donnerwetter!"

Auf einem weißen Bärenfell räkelte sich eine hellhaarige, gut proportionierte, äußerst knapp bekleidete Schönheit mit langen Beinen. Sie trug lediglich einen schwarzer Büstenhalter, ein winziges Höschen und schwarze Netzstrümpfe. Gleichmäßig geschnittenes Gesicht, sinnlicher Schmollmund, dunkle, unschuldige Mädchenaugen. Doreen war eine Kopie von Brigitte Bardot und nicht die Schlechteste.

Irritiert fragte Welden: „Das ist Ihre Frau?" Und er ahnte, warum die heiße Braut abgetaucht war. Mit Sicherheit teilte sie ihr Schlaflager mit einem großzügigen Verehrer.

„Das ist Doreen, meine Frau!", sagte Factha stolz.

„Respekt, tolles Mädchen! Was ist passiert?"

Leise begann Factha zu erzählen: „Vor einer Woche rutschte Doreen die Handtasche aus den Fingern. Der ganze Inhalt verstreute sich über den Teppich. Lippenstift, Puderdose, der übliche Frauenkram, doch da war etwas, das nicht dazu gehörte..." Seine Worte stockten. Er befeuchtete mit der Zunge die trockenen Lippen. Holprig sprach er weiter: „Doreen wollte es schnell in ihrem Handgebäck verstecken. Aber ich hatte es bereits gesehen. Eine kleine Kanülenspritze..."

„Rauschgift? Eine Heroinspritze?", vermutete Welden und seine Augen verengten sich.

Factha schrumpfte noch mehr in den Stuhl. „Total geschockt stellte ich Doreen zur Rede. Sie beichtete mir, sie konsumierte seit Jahren Rauschgift. Ich konnte es nicht glauben. Ich war ja so glücklich mit ihr. Sie gab meinem Leben erst einen Sinn. Für mich brach eine heile Welt zusammen. Doreen war heroinsüchtig"

„Wer lieferte ihr das Rauschgift?"

„Der Geschäftsführer des Nachtlokals, in dem Doreen arbeitete, versorgte sie. Aber seit einigen Tagen reduzierte er ihren Nachschub auf null."

„Wieso das?"

„So genau weiß ich das auch nicht. Doreen sagte nur, sie hätte zufällig ein Gespräch zwischen ihrem Chef und einem Unbekannten mitgehört und wurde dabei ertappt. Man prügelte sie grün und blau und drohte ihr, sie zu töten, wenn sie das Belauschte weitererzählen sollte.- Vor drei Tagen verließ mich Doreen mitten in der Nacht. Sie sagte noch, ich brauche mir keine Sorgen zu machen. Sie wäre bald zurück. Doch sie kam nie wieder."

„Hört sich an wie eine drittklassige Kriminalgeschichte aus einem drittklassigen Hollywoodfilm", kommentierte Welden skeptisch. „Das klingt alles sehr unglaubwürdig."

„Doreen ist keine Lügnerin. Ihr ist etwas zugestoßen. Vielleicht wurde sie sogar ermordet. Jeden Abend der letzten drei Tage wollte ich mich in der Nachtbar nach Doreens Verbleib erkundigen. Ich stand vor der Pforte und traute mich nicht hinein. Mr. Welden, Sie sind meine letzte Hoffnung. Sie müssen Doreen finden. Ich flehe Sie an. Helfen Sie mir."

Welden verkrampfte innerlich. Er dachte an das Mädchen Laila de Sallab, die vor zehn Minuten die gleichen Worte verwendete. „Sie sind meine letzte Hoffnung!" Langsam staute sich Zorn in ihm auf. Was, zum Teufel, bilden sich die Leute eigentlich ein. Wieso bedrängte ihn jeder, ihm zu helfen. Warum kamen alle zu ihm? Er hatte einfach keine Lust eine davongelaufene Fixerin in New Yorks Gassen zu suchen. Betont förmlich sagte er: „Entschuldigen Sie, Mr. Factha. Ich kann Ihnen nicht behilflich sein. Wenden Sie sich an die zuständige Polizeidienststelle. Sie wird sich um die Angelegenheit kümmern."

„Aber...aber...", stotterte der kleine Mann und in seinen Bernhardineraugen glomm die Angst. „Ich kann nicht zur Polizei gehen. Wegen dem Rauschgift. Das wissen Sie doch. Liegt es am Honorar? Ich zahle jeden Betrag. Suchen Sie Doreen, bitte..."

Abrupt stand Welden auf und ging zu Factha. Er half ihm auf die Beine und schob ihn mit sanfter Gewalt zum Ausgang. „Ich kann Ihnen nicht helfen", wiederholte er hart. „Das ist keine Frage des Geldes, sondern des Prinzips. Ich will den Auftrag nicht. Ich bin der falsche Mann für Sie. Tut mir leid!"

Factha sah ihn an. Traurig, niedergeschlagen. Nach einer Weile sagte er bitter: „Es tut Ihnen nicht leid. Ich wünsche Ihnen noch einen schönen Tag. Sie werden mich niemals wiedersehen." Wie ein geprügelter Hund schlich er aus dem Zimmer.

Allein blieb Steven B. Welden zurück. Er war deprimiert und angeekelt von sich selber. Er holte aus der untersten Tischschublade eine kleine Whiskyflasche und ein Wasserglas, schenkte ein und trank einen kräftigen Schluck. Er wartete darauf, dass ihm wohler wurde. Aber der gallige Geschmack im Mund verflüchtigte sich nicht. Verärgert genehmigte er sich noch einen großen Schluck. Der Alkohol brannte in der Kehle und in den Eingeweiden. Der miserable Gemütszustand blieb.

In der gleichen Sekunde zersägten ratternde Maschinengewehrsalven von außerhalb die bedrückende Stille. Ein Todesschrei fuhr Welden durch Mark und Bein und lähmte ihn sekundenlang. Doch dann handelte er. Er griff sich den 38er Smith&Wesson aus dem oberen Schubfach und hetzte aus dem Büro über die Diele, hinaus ins Freie.

Auf der Straße vor dem Grundstück heulte ein Motor mit überhöhter Drehzahl, quietschten Autoreifen auf trockenem Asphalt.

Als Welden die langgezogene Fahrbahn einsehen konnte, hellwach und mit der Waffe in der Hand, war der Wagen bereits hinter der nächsten Biegung verschwunden.

Wenige Meter von Welden entfernt, wälzte sich der kleine George Factha schreiend auf dem Kopfsteinpflaster. Der schmächtige Oberkörper war von unzähligen Kugeln durchsiebt. Die blutbesudelten Finger pressten sich gegen die aufgerissenen Wunden und versuchten vergeblich den Blutschwall zu stoppen.

Welden steckte den Revolver weg, kniete sich zu dem Sterbenden und hob behutsam dessen Kopf.

Eindringlich beschwor er ihn: „Factha! Factha! Verstehen Sie mich? Haben Sie etwas gesehen? Ein Auto, die Zulassungsnummer oder den

Fahrer? Reden Sie Factha, wer war das Schwein, das Sie niederschoss?"

Dünnes hellrotes Blut schwappte aus Facthas Mundwinkel, rann ihm über das Kinn, den Hals hinunter in den Hemdkragen. Die blutverschmierte Hand krallte sich in Weldens Pullover fest. Qualvoll schluckte Factha, stammelte unverständliche Laute. Haltlos knickte der Kopf zur Seite. George Factha war tot.

Müde richtete sich Welden auf. Erst jetzt bemerkte er, dass auch Jeck Born auf die Straße gelaufen war.

„Wer war das?" fragte sein Freund.

Harsch erwiderte Welden: „Das war ein armer, um Hilfe flehender Hund, den ich in den Hintern getreten habe und aus dem Haus warf. Verdammt Jeck, was ist aus mir geworden? Was ist mit mir geschehen? Da bettelt ein Mann um meine Hilfe und ich schicke ihn in den Tod."

„Ich glaube, diesen Mord konntest du nicht verhindern. Die Killer lauerten ihm auf. Der Mann besaß nicht die geringste Chance. Sie knallten ihn ab wie einen Hasen. Das war eine kaltblütig ausgeführte Exekution."

Jeck Born legte den Arm um Weldens Schulter: „Komm, du kannst hier nichts mehr für ihn tun. Wir müssen die Polizei verständigen."

Apathisch nickte Welden: „Lass den armen Kerl nicht so liegen. Wir sollten ihn zudecken."

„Ich erledige das. Geh ins Haus, Boy, trink einen Whisky und wenn du dich beruhigt hast, werden wir darüber reden, was zu unternehmen ist."

An der Hauspforte wartete Grazia. Sie küsste Welden wortlos.

„Ich muß ein paar Minuten allein sein", sagte er. „Ich habe über einiges nachzudenken. Ich beging in der letzten Zeit viele Fehler. Viel zu viel." Er ging in das Büro zurück. Abgespannt rutschte er in den Lederstuhl. Er füllte das Wasserglas voll Whisky und leerte es in einem

Zug.

Auf dem Tisch lagen weiterhin die aufgeklappte Brieftasche, sowie das Pinupfoto von Doreen. Beides hatte George Factha vergessen mitzunehmen.

Nachdenklich studierte Welden das Bild des erotischen Mädchens. Viel nackte Haut und wenig Stoff. Er wendete die Aufnahme. **Doreen** stand handgeschrieben auf der Rückseite, darunter gestempelt: **Crazy Girl Bar, Geschäftsführer Roberto Calluzzi, Brooklyn, Duffield Street.**

Welden suchte den Zettel mit den vorher notierten Namen.

„Nick Collins, Roberto Calluzzi, Henry Wonda", las er laut vor und dann eine Nuance leiser. „Roberto Calluzzi, was für ein Zufall.."

***

Am frühen Abend desselben Tages, war das Nachtlokal **Crazy-Girl** noch wenig besucht. Nur eine Handvoll Gäste lungerten gelangweilt um die halbmondgeformte Bar. Auf der kleinen intimen Bühne fabrizierte eine rothaarige Tänzerin einen mittelprächtigen Striptease, der keinen von den Stühlen riss.

Gegen 20Uhr besuchte ein junges, hübsches Mädchen im grauen Tweedkostüm den Club. Zielsicher steuerte es den Tresen an. Dahinter hantierte eine wasserstoffblonde, vollbusige Animierdame mit den Gläsern und bediente die trägen Gäste.

„Ist Roberto da?", fragte das schwarzhaarige Mädchen.

Scharf fixierte die Wasserstoffblonde mit der mächtigen Oberweite den neuen Besucher. „Was willste von Roberto, Püppchen?"

„Ich soll mich heute bei ihm vorstellen. Hat er nichts davon erzählt?"

„Bist du die Neue, die für Doreen kommt?" Die Barfrau, deren knallrotes Trikot wie eine zweite Haut an ihrem Busen klebte, musterte geringschätzig die schlanke Gestalt der angeblich neuen Kollegin.

„Viel Holz scheint bei dir ja nicht in der Bluse zu sein. Roberto bevorzugt gerade wohl Schmalbrüstige. Sein Geschmack lässt stark nach. Na ja, mir kann es egal sein."

Kühl konterte das Mädchen: „Sie haben Recht. Das geht Sie wirklich nichts an!"

„Werde nur nicht frech, Püppchen, sonst kriegst du Probleme, bevor du den Job überhaupt hast."

„Wo finde ich nun Roberto?" fragte die Neue und ignorierte die massive Bedrohung.

„Er arbeitet hinten im Büro. Schieb die Vorhänge auseinander, die letzte Tür im Korridor, dort findest du den guten Roberto."

Wortlos ging das Mädchen um die Theke herum zu den roten Samtvorhängen und verschwand dahinter.

„Eingebildete Gans!" schimpfte die aufgedonnerte Blondine.

Roberto Calluzzi war ein fetter, aufgedunsener Mann mit pechschwarzen, öligen, streng nach hinten gekämmten Haaren. Er trug einen dunkelgestreiften Anzug, ein dottergelbes Hemd und eine buntgeblümte Krawatte.

Unwillig blickte er vom Schreibtisch auf. Völlig überraschend schneite ein blutjunges Mädchen in sein Büro.

„He, was soll das, Baby?", sagte er aufgebracht. „Hast du keine Manieren? Noch nie was von Anklopfen gehört?"

Die Besucherin näherte sich seinem Mahagonistisch. Ihre Finger tauchten in die weiße Lackhandtasche und als sie wieder hervorkamen, glotzte Calluzzi total verblüfft in eine Pistolenmündung. Noch glaubte er an einen makaberen Scherz. „Menschenskind, Puppe", schnaubte er. „Was ziehst du für eine Show ab?"

Ihre Stimme klang fest und beherrscht: „Wer tötete Rosanna de Sallab? Waren Sie es, Mr. Calluzzi?"

Er suchte nach Worten. „Sag mal, bist du meschugge, Baby? Wen soll ich umgelegt haben?"

„Rosanna de Sallab! Das war die Frau Ihres Chefs Rick de Sallab. Erinnern Sie sich?"
„Verdammt, Honey. Woher kenne ich dich?" grübelte Calluzzi laut. „Du kommst mir irgendwie bekannt vor. Wie heißt du? Was soll der Mist, ich hätte Rosanna umgelegt? Das erledigte der Boss schon selber. Er wurde dafür von einem Gericht zum Tode verurteilt." Vorsichtig zog er die mittlere Schublade hervor und hoffte, die Unbekannte achtete nicht darauf.
Das Mädchen hielt die Pistole mit beiden Händen und zielte weiterhin auf Calluzzi. „Ich bin Laila, die Tochter, Sie Scheißkerl. Mein Vater ist unschuldig und wir beide wissen das. Und Sie werden das bezeugen. Sie sind ein Haufen Dreck, Mr. Calluzzi. Sie werden ein Blatt Papier nehmen und ihr Geständnis aufschreiben. Nicht mein Vater, sondern Sie töteten Rosanna. Los, schreiben Sie, bevor ich ihr Gehirn an die Wand spritze."
Calluzzi begann zu schwitzen. Auf der Stirn bildeten sich winzige Schweißperlen. Er löste den obersten Hemdkragenknopf und lockerte die Krawatte, die den fleischigen Hals einschnürte. Die andere Hand ertastete den Revolver im Schubfach.
„Ich zähle bis drei!", sagte Laila eiskalt und die Pistole zitterte nicht. „Schreiben Sie endlich. Ich, Roberto Calluzzi, gestehe, Rosanna de Sallab erdrosselt zu haben..."
„Teufel noch mal, Baby", begehrte er auf. „Du musst verrückt sein, wenn du glaubst, ich werde diesen Blödsinn gestehen. Mach dich nicht unglücklich. Ich habe Rosanna nicht umgebracht."
Ihre rehbraunen Augen fesselten ihn. „Eins!", zählte sie.
Hastig sagte er: „Glaube mir, ich habe deine Stiefmutter nicht getötet. Ja, verdammt, ich habe Sie gebumst. Aber das hat jeder getan. Rosanna war eine schwanzgeile Hure. Sogar Ricks Bruder fickte sie. Warum sollte ich Sie töten? Es gab keinen Grund."
„Zwei!", sagte Laila.

„Mädchen, du hast wirklich Nerven. Du flatterst in mein Büro wie ein finsterer Racheengel..." Schnell und abgehakt redete Roberto Calluzzi drauflos, um das Mädchen abzulenken, während er den kalten Revolvergriff in der Schublade umschloss. „Du bist durchgedreht. Ich gestehe doch nicht der Tochter eines verurteilten Schuldigen einen Mord, den ich nicht begangen habe." Er lachte hässlich: „Dein Vater war ein Arsch, meine Kleine. Er hat die Schlampe aus dem Verkehr gezogen und endet dafür auf dem elektrischen Stuhl.- Verpfeif dich also, bevor ich ungemütlich werde."

Mit Genugtuung registrierte Calluzzi wie die Pistole in Lailas ausgestreckter Hand zu wackeln begann. Allmählich wurde es Zeit, den Ablauf der Dinge, selbst zu bestimmen. „Viel Spaß in der Hölle, Puppe!" triumphierte er und riss den Colt hoch.

„Drei!" sagte Laila seltsam ruhig und aus dem Pistolenlauf fauchte der Blitz auf Calluzzi zu und blendete ihn. Blut strömte über seine Stirn, über die Augen, verteilte sich über das ganze Gesicht. Der Oberkörper neigte sich nach vorne und der Schädel knallte wuchtig auf die Tischplatte. Geräuscharm landete der schwere Colt auf dem Veloursteppich.

Bewegungslos wie eine Salzsäule stand Laila de Sallab einige lange Minuten. Dann lockerte sich die Starre und blankes Entsetzen spiegelte in ihrem schneeweißen Antlitz. Die rauchende Pistole entglitt ihren Händen. Sie klagte sich an: „Bei Gott, was habe ich getan?"

Panik attackierte sie und raubte ihr den Verstand. Wie von tausend Furien gehetzt, stürmte sie aus dem Raum, den langen Gang hinunter, durch die Vorhänge in das halbvolle Lokal.

Konsterniert erkannte die grellgeschminkte Barfrau im Halbdunkel der Bar, das aufgewühlte Mädchen, als es an der Theke vorbei hastete. „He, Schätzchen, was ist los mit dir?"

Doch sie erhielt keine Antwort. Die scheinbar verstörte Besucherin

rempelte einen männlichen Gast zur Seite, der ihr den Weg versperrte und rannte fluchtartig aus dem Lokal.
Kopfschüttelnd verfolgte die Wasserstoffblonde den turbulenten Abgang. Doch dann zuckte sie die Schulter und widmete sich einen durstigen Stammgast.
Die Wanduhr über dem Flaschenregal zeigte 15 Minuten vor 21Uhr an.

***

Lieutenant James Hoogan stand am Fenster seines Office und schaute auf die belebte Straße hinunter.
Er hörte wie jemand den Raum betrat. Aber er drehte sich nicht um.
„Morgen, Chief!" grüßte der Eintretende.
Hoogan beobachtete wie eine ältere Frau, die auf dem Zebrastreifen die Fahrbahn überqueren wollte, um ein Haar angefahren wurde. Voller Wut schlug die Frau ihren Gehstock auf die Motorhaube des Autos. Augenblicklich bildete sich eine dichte Menschentraube um den Wagen und der empörten Passantin. Der Verkehr stockte. Nichts ging mehr. Weder vor noch zurück.
„Morgen, Steel!", erwiderte Hoogan. „Hat das Mädchen den Mord gestanden?"
Unaufgefordert platzierte sich Sergeant Phill Steel in den lederbezogenen Besucherstuhl und zündete sich eine Zigarette an. „Laila de Sallab unterschrieb ihr Schuldgeständnis, um es hinterher zu widerrufen."
Langsam wendete Hoogan auf dem Absatz, beide Hände in den Hosentaschen vergraben. Die klugen Augen erfassten seinen Mitarbeiter.
„Was bedeutet das? Wieso widerrief sie das Geständnis?"
„Miss Sallab behauptete plötzlich, sie hätte nur einen einzigen Schuss auf Calluzzi abgefeuert. Tatsache ist aber, es waren zwei. Eine Kugel

B. Welden ins Spiel. Haben Sie einen Verdacht?"

„Nein, ich tappe im Dunkeln. Zwischen Laila de Sallab und George Factha gibt es keine Verbindung. Die beiden kannten sich nicht. Es besteht kein Zusammenhang. Es war wohl Zufall, dass beide zur gleichen Zeit den Detektiv aufsuchten."

Schweigend rauchte Steel.

„Obgleich ich mit dem Fall Rick de Sallab nicht vertraut war", sagte Hoogan. „habe ich mir heute früh schon die abgeschlossene Akte einverleibt. Ich studierte mehrmals den Bericht und konnte weder Lücken noch geringste Ungereimtheiten entdecken. Die Sachlage scheint klar und eindeutig zu sein. Der Mann erwürgte seine untreue Ehefrau."

„Alles klar und einwandfrei, wie auch bei Laila."

Unwirsch sagte Hoogan: „Was ist los mit Ihnen, Phill? Sie glauben doch nicht an die Unschuld des Mädchens? Wer war es dann? Der große Unbekannte?"

„Ich kann mir einfach nicht vorstellen, dass Laila so abgebrüht reagierte und nach dem Streifschuss dem verletzten Calluzzi eine weitere Kugel in den Hinterkopf jagte."

„Ja, okay! Ich traue ihr diese Kaltschnäuzigkeit eigentlich auch nicht zu. Doch Laila war am Tatort. Sie war hoch erregt, zornig und versuchte von Calluzzi ein Schuldgeständnis zu erpressen. Blind vor Wut schießt man auch ein zweites Mal."

„Anderseits könnte ja nach Lailas Flucht ein Fremder das Büro betreten haben, er erkennt den ohnmächtigen Calluzzi am Schreibtisch, nützt die Gelegenheit und verabreicht ihm den finalen Schuss."

„Mann, Phill, Sie verstricken sich. Wollen Sie mir doch den großen Unbekannten aufbinden?"

„Sie recht haben Recht, Lieutenant. Ich bin ein Cop und muss mich an Tatsachen halten. Und die Indizien belasten Laila. Ich habe die Tatpistole mit den Fingerabdrücken, habe eine Zeugin, die beeidet, dass Laila in der Crazy Girl Bar nach Calluzzi fragte. Kurz darauf rannte Laila völlig konfus aus der Bar und Calluzzi entdeckte man später tot in seinem Büro. Meine Arbeit ist getan. Die Richter müssen sich die Köpfe über Schuld oder Unschuld zerbrechen."

Phill Steel zerdrückte den Glimmstengel im Aschenbecher und erhob sich. „Ich besorge uns Kaffee, Lieutenant und Sie bezahlen."

„Okay, ich bin überredet", willigte Hoogan ein.

Gleich darauf kehrte Steel zurück. In den Händen zwei Plastikbecher, gefüllt mit heißen Kaffee. Er stellte die Becher so heftig auf den Schreibtisch ab, dass das dampfende Gebräu überschwappte.

„Puh!", machte Steel und blies pausbäckig die angesengten Finger.

„Heiß?", griente Hoogan anteilnahmsvoll und langte vorsichtig nach dem brodelnden Getränk. Da läutete das Telefon.

Er nahm den Hörer ab und meldete sich.

Steel, der ihn nicht aus den Augen ließ, bemerkte wie Hoogans Gesicht aschfahl wurde und er langsam den Hörer auf die Gabel legte.

„Was ist los, Lieutenant?"

Hart blickte ihn Hoogan an. „Der Teufel ist los, Phill!", sagte er rauchig. „Weldens Frau ist tot. Eine Brandbombe detonierte in ihrem Wagen, als sie den Motor startete. Grazia Welden verbrannte bis zur Unkenntlichkeit. Und Steven, der sie aus der Feuersbrunst reißen wollte, erlitt lebensgefährliche Verbrennungen. Niemand kann sagen, ob er überlebt."

***

In der zurückliegenden Nacht liebten sie sich wie schon lange nicht mehr. Wild, ungestüm und doch voller Zärtlichkeit.

Tief atmete er ihre Weiblichkeit in sich ein, den erregenden Geruch des nackten, erhitzten Frauenkörpers und den Duft der frisch gewaschenen Haare. Er küsste die weichen Lippen, den schlanken Hals.

Sein Mund wanderte zu den festen Brüsten und umkreiste die dunklen Brustwarzen, die sich sofort versteiften. Ihr biegsamer Leib bäumte sich ihm entgegen und ihre Finger zerfurchten seinen Rücken.

Grazia zog Welden an den Haaren zu sich heran. „Komm endlich zu mir", flüsterte sie heiser. Ihr schönes Gesicht war völlig aufgelöst. Die blonden Haarsträhnen überklebten die blauen Augen.

Ihre Körper schmolzen zusammen. Immer schneller bewegte er sich in ihr. Sie umschlang seinen Nacken und ließ ihn nicht mehr los. Sie stöhnte und warf den Kopf zurück.

Gemeinsam steuerten sie den Höhepunkt zu.

Als er in ihr explodierte und sie ihm das Becken entgegenstemmte, verlor er beinahe die Besinnung.

Ermattet sanken beide in das schweißdurchtränkte Bettlaken. Er blieb auf ihr liegen und barg sein Gesicht in ihren Achselhöhlen, während sie ihm liebevoll über das Haupt strich. So verweilten sie minutenlang. Entspannt, in stiller Harmonie. Irgendwann rutschte er von dem weichen Leib und streichelte sanft den vollen Busen. „Es ist schön, dass es dich gibt."

Innig kuschelte sich Grazia an ihn und sagte mit geschlossenen Augen: „Du bist mein Leben. Ich liebe dich." Sie beugte sich über ihn. Das lange Blondhaar kitzelte seine Nase. Zart berührten die kirschroten Lippen die seinen.

Angenehme Müdigkeit überfiel Welden und er schlief in Grazias Armen ein.

***

Am nächsten Morgen, es war der 5. Juli, duschten beide gemeinsam und hinterher frühstückten sie zusammen.

„Ich werde heute abend in eine Striptease Bar gehen", sagte er zu ihr und trank einen Schluck Kaffee. „und den Geschäftsführer Roberto

Calluzzi aufsuchen."

„Aha", tat Grazia unbeeindruckt und biss herzhaft in ein saftiges Schinkenbrötchen. „Nimmst du mich mit?"

„Ich muss doch sehr bitten", sagte er tadelnd. „Das ist kein Etablissement für anständige Ehefrauen."

Spitzbübisch lächelte sie: „Aber für anständige Ehemänner schon?"

„Bei mir ist das etwas anderes. Ich verkehre nur dienstlich mit den Damen."

„Das will ich dir auch raten, mein Liebling", sagte Grazia streng. „Sonst kratze ich dir die Augen aus!" Sie langte über den Küchentisch nach seiner Hand und blickte ihn sorgenvoll an: „Bist du in Ordnung, Liebling? Ist mit dir wieder alles okay?"

Nachdenklich sagte er: „Ich bin in den letzten Tagen und Wochen ein wenig aus der Kurve getragen worden. Ich war verblendet von Ruhm und Geld und verlor den Boden unter den Füßen. Ich verweigerte gestern zwei Menschen meine Hilfe. Einer von ihnen ist inzwischen tot. Das öffnete mir die Augen. Für George Factha kommt meine Einsicht zu spät, aber vielleicht nicht für das Mädchen Laila. Ich beginne mit meinen Nachforschungen heute Abend in der Crazy Girl Bar mit diesen Calluzzi. Einige lose Bindfäden führen zu ihm..."

Erleichtert und froh lächelt ihn Grazia an und sie drückte fest seine Hand. „Ich bin glücklich, dass du wieder der Alte bist. Du weißt, ich habe nie Einfluss auf deine beruflichen Entscheidungen genommen. Doch der Job bei Walter Douglas wäre nicht der richtige für dich gewesen. Du brauchst Freiheit und Unabhängigkeit, keinen Dienst nach Stundenplan. Auch wenn dabei nicht das ganz große Geld zu verdienen ist."

„Ich weiß das", sagte Welden ruhig. „Es klingt zwar abgedroschen. Aber vielleicht ist Reichtum doch nicht alles. Ich bleibe Detektiv."

Sie streckte sich weit über den Tisch zu ihm und küsste ihn hingebungsvoll. „Großartig, Darling!"

Zufrieden lehnte er sich im Stuhl zurück und brannte eine Zigarette an. „Um den Mord an Jane Clairland wird sich Jeck kümmern und ich biete Laila de Sallab meine Hilfe an."

„Ich wünsche dir viel Erfolg", sagte Grazia. Dann wechselte sie das Thema. „Sag mal, kannst du zwei Stunden auf deinen Wagen verzichten? Ich muss zum Ballettunterricht, und mein Toyota steht in der Werkstatt."

„Nimm nur das Cabrio. Ich brauche es vorerst nicht."

Grazia räumte das Frühstücksgeschirr auf das Tablett, neigte sich zu ihm und küsste ihn verabschiedend: „Wir sehen uns später, Darling. By!"

Er grinste ihr hinterher und rauchte in aller Ruhe die Zigarette zu Ende. Anschließend spazierte er in das Wohnzimmer. Er entfaltete die eingerollte Morgenzeitung vom Couchtisch.

„Verdammt!", stieß er einen Fluch aus, als er die fettgedruckte Schlagzeile las. „Das darf doch nicht wahr sein."

Nachtclubgeschäftsführer in seinem Lokal erschossen.
Exklusivbericht von SACK EMATH

Wer tötete Roberto Calluzzi? Polizei verhört pausenlos Laila de Sallab, die nach Zeugenaussagen den Geschäftsführer in seinem Büro aufwartete. War Rache das Mordmotiv? Laila ist die Tochter des zum Tode verurteilten Mörders Rick de Sallab. Wie die Polizei bekannt gab, besuchte Laila wenige Stunden vor der Tat den New Yorker Privatdetektiv Steven B. Welden. Welche zwielichte Rolle spielt dieser Mann? Überredete er das Mädchen zum Mord?

Bedächtig legte Welden die Zeitung beiseite. Was hatte Laila de Sallab am Ende der Unterhaltung zu ihm gesagt: „Nun gut, Mr. Welden, dann werde ich mir selber helfen." Sah so ihre Eigenhilfe aus, in dem sie Roberto Calluzzi erschoss? Ein Mord, den er voraussehen und verhindern hätte müssen? Aber wie konnte er ahnen, dass Laila zum Töten entschlossen war, nachdem er ihr nicht helfen wollte.

Eine gigantische Explosion ließ urplötzlich Mauern und Fußböden erbeben, erschütterte das Wohnzimmer in seiner Grundfestigkeit. Die Panoramafensterscheibe zerbarst in Millionen Glassplittern, die Glühbirnen des Kronleuchters zerplatzten wie Seifenblasen. Bücher, Aktenordner und Zeitungen wurden wie von Geisterhand durch die Luft geworfen. Ehe Welden überhaupt begriff, erfasste ihn eine ungeheure Druckwelle und wirbelte ihn mitsamt dem Sofa quer durch den Raum und knallte ihn gegen die Wand. Das linke Knie schrammte an die kleine Kommode und der heftige Schmerz trieb ihm das Wasser in die Augen.

Von irgendwoher glaubte er einen gellenden Hilfeschrei zu hören, aber er war sich nicht sicher. Alles schien reichlich verschwommen und sehr weit weg von ihm. Er war halb bewusstlos, von Glasscherben, Holzspänen und herum fliegenden Gegenständen am ganzen Körper geschunden. Und um ihn herum die komplette Verwüstung.

Ein zweiter explosiver Schlag erreichte sein Trommelfell. Vor dem zerstörten Fenster schwebten dicke, schwarze Rauchschwaden vorbei, dazwischen kleine, rote Feuerzungen...

Zum Satan, was ging da ab? Was brannte da vor dem Haus? Was war da detoniert?

Weiterhin krümmte er sich im Wohnzimmereck und war unfähig nur einen einzigen klaren Gedanken zu fassen. Parkte auf dem Kiesweg vor dem Haus nicht sein schneeweißes Chevrolet Impala Cabrio? Brannte da möglicherweise sein Wagen? Aber warum? Wollte nicht Grazia damit wegfahren?

Mit den rasenden Schmerzen, die sich nun überall im Körper meldeten, im Rücken, am aufgescheuerten Knie, am Ellenbogen, an der Hüfte, wich auch das dumpfe Gefühl der Benommenheit und das schlagartige Begreifen des Geschehen unterbrach den Herzrhythmus.

„Grazia!!!" Er wusste nicht, dass er ihren Namen hinaus brüllte.

Oh, Gott im Himmel, Grazia wollte doch mit dem Auto wegfahren.

Eine eisige Hand zerquetschte Welden den Brustkorb und schnitt ihm die Luft zum Atmen ab.

An das, was dann in den nächsten Minuten folgte, erinnerte sich Welden später nur noch schemenhaft. Alles wirkte so irreal, makaber und geisterhaft. Er nahm nur noch das Feuer und den Rauch vor dem gesprengten Fenster auf.

„Grazia!" Ein Wort, ein Name nur, der ihn vorwärtstrieb. „Grazia, ich komme!"

Sein Innerstes war abgestorben. Keine Gefühle, keine Gedanken und keine Schmerzen mehr. Er humpelte durch die chaotische Zimmerlandschaft. Vor ihm das prasselnde Flammenmeer. Er kletterte über den Fenstersims ins Freie, verletzte sich an den spitzen Glaszacken die Handflächen und stürzte einen Meter tief auf den harten Kies.

Er starrte in die lodernde Hölle. Mühevoll raffte er sich erneut hoch und schwankte auf das lichterloh brennende Autowrack zu. Er stolperte über eine schwarzverglühte, aufgewallte Motorhaube und versengte seine Handballen und er spürte keinen Schmerz.

Aus dem Fahrzeuginnern flammte rotschwarzqualmendes Feuer.

Welden glaubte einen zuckenden Menschenkörper darin zu sehen. Sprühender Funkenregen schlug ihm entgegen.

Kaltes Grauen packte ihn, als er Grazia hinter dem Steuer erkannte, oder das, was von ihr übrig geblieben war.

Dunkelverkohltes Gesicht, schreckgeweitete Augen, aufgerissener, lippenloser Mund. Grazia besaß keine Haare mehr, keine Augenbrauen. Die Haut schälte sich von ihren Wangenknochen. Bestialisch stank es nach geschmortem Fleisch.

Er stöhnte hilflos ihren Namen und langte über den Türrahmen in das züngelnde Feuer, krallte die Finger in Grazias Schulter und versuchte sie aus dem Wagen zu zehren. Aber ihr Körper war so fest zwischen Lenkrad und Fahrersitz eingeklemmt, dass er keinen Zentimeter zu bewegen war. Die todbringenden Flammen leckten gierig nach Welden. Das Haar knisterte unter den Funken und an den Handrücken bildeten sich die ersten Brandblasen.

Welden stand im Zentrum des Infernos, drohte selbst zu verbrennen und im dichten Rauch zu ersticken. Doch er stemmte die Füße gegen die Tür und mobilisierte alle Kräfte, um Grazia dem Brandherd zu entreißen. Er spürte wie Grazia unter seinen Händen dahin schmolz. Es war unmöglich sie zu befreien. Er röchelte und die gnadenlose Hitze um ihn herum wurde schier unerträglich, umzingelte ihn mit einer tanzenden Flammenmauer.

Aus dem Nichts kamen Menschenhände, die Welden aus der Feuersglut ziehen wollten. Beruhigende Stimmen erreichten sein Ohr, jedoch er verstand den Sinn nicht. Für ihn gab es nur ein Ziel. Er musste Grazia retten. Weißer Sand bezähmte den Kleiderbrand und seine Finger lockerten sich unfreiwillig von der Achsel der Toten. Er schrie ihren Namen, dass es den Helfern durch Mark und Bein fuhr und er wehrte sich wie ein Berserker gegen die Männer, die ihn aus der tödlichen Feuerumklammerung herausholten. Er musste zurück in die Hölle. Er durfte nicht aufgeben. Die furchtbaren Ängste verliehen ihm übernatürliche Stärke und er schüttelte die Retter ab wie lästige Fliegen. Jedoch schaffte er es wieder nicht Grazia aus dem Fahrzeug zu zerren.

Eine betroffene Stimme klagte: „Ich kann dieses Tier nicht festhalten. Es besitzt die Kraft eines Elefanten. Helft mir, sonst verbrennt er unter unseren Augen!"

Sechs, acht Hände hängten sich an Welden und schleiften ihn schließlich aus den teuflischen Flammen.

Er brüllte weiter und sträubte sich mit Händen und Füßen. Doch die Helfer waren stärker wie er und die Energie floh aus seinem Körper. Noch einmal ein kurzes Aufbäumen, dann brach er willenlos zusammen. Behutsam betteten sie ihn auf die Erde und erstickten die Funken auf der Kleidung. Unterdessen konnten andere Leute mit Wassereimern und Sandstrahlern die letzten springenden Feuerzungen am

Fahrzeugwrack eindämmen.
Zurück blieb dicker, beißender Qualm, der hochstieg und den Himmel verdunkelte. Rotglühende Hitze, die aus schmelzendem Metall strömte, der penetrante Gestank von Benzin und Öl und geräucherten Fleisches. Und inmitten des total ausgebrannten, von der Bombe zerfetzten Schrotthaufens, das verkohlte, fleischlose Skelett eines gewesenen Menschen, für ewige Zeiten zwischen Lenkrad und Vordersitz gefangen.

***

Vier Monate später, am 17. November 1965 verließ Steven B. Welden gegen den ausdrücklichen Rat der Ärzte das St. Vincents Hospital in der Seventh Avenue. Er sah aus wie ein uralter Mann. Abgemagert bis auf die Rippen. Eingefallenes Gesicht, tief liegende Augen, runzlige Tränensäcke, dünne Augenbrauen. Das versengte Kopfhaar war noch nicht überall nachgewachsen. Die Hände waren bis zu den Fingerspitzen mit grauen Mullbinden umwickelt.
Welden sah zum Fürchten aus, trotzdem hatte er auch Glück. Die Verletzungen erwiesen sich als nicht so schlimm wie befürchtet. Lediglich eine mittelschwere Rauchvergiftung. Keine Verätzung der Atemwege, keine irreparablen Schädigungen der Innenorgane. Nur große, oberflächliche Hautverbrennungen, hauptsächlich an Armen und Händen. Das Gesicht blieb einigermaßen verschont. Es werden keine entstellenden Brandnarben zurückbleiben.
In naher Zukunft werden alle äußerlichen Wunden verheilen. Aber der Riss in der Seele wird nicht zu kitten sein.
Es war ein kalter, regnerischer Novembertag.
Vor dem Krankenhaus wartete Jeck Born auf Welden. Er reichte dem Freund einen dunkelbraunen Trenchcoat und einen schwarzen Hut.
Wortlos schlüpfte dieser in den Mantel, setzte den Hut auf und drück-

te die Krempe tief in die Stirn.

„Bist du okay?" fragte Born, während sie zu dem Parkplatz schritten, auf dem sein Wagen stand, ein roter Porsche 356 Cabrio mit Stoffverdeck.

Weldens Gesicht verzog sich zu einer zynischen Grimasse: „Du fragst, ob ich okay bin? Du machst wohl Scherze, mein Freund. Ich sehe aus wie Frankenstein persönlich und stehe auf den Beinen, als hätte ich Pudding in den Knien. Man hat mir die Frau gekillt. Der Mörder läuft unbehelligt in New York herum. Und du willst wissen, ob ich in Ordnung bin?" Verstimmt schlug er den Mantelkragen hoch.

Breit feixte Born: „Gegen Boris Karloff bist du immer noch eine Schönheit!"

„Du bist ein Witzbold! Jetzt fährst du mich zum 14. Polizeidistrikt. Ich will mir mal anhören was Lieutenant James Hoogan wegen Grazia unternommen hat. Deine Arbeit war ja nicht besonders erfolgreich."

Jeck Born ignorierte den massiven Vorwurf und öffnete den Wagenverschlag. „Willst du nicht vorher zum Friedhof?"

„Was soll dich dort?", erwiderte Welden frostig. Die eisblauen Gletscheraugen zeigten keinerlei Regung. „Grazia ist tot! Ich werde erst ihr Grab aufsuchen, wenn ich ihren Mörder gefunden habe. Und nun will ich nicht mehr darüber reden. Steigen wir ein und fahren zu Hoogan."

Die Fahrt zum Polizeidepartement in der Hudsonstreet verlief schweigsam.

Ohne Umschweife betraten sie Hoogans Dienstzimmer.

Der Lieutenant durchwühlte gerade einen Berg Akten. Er blickte auf und seine Miene blieb ausdruckslos. „Mr. Welden und Mr. Born! Guten Tag! Wie ich sehe, hat man Sie aus der Klinik entlassen, Mr. Welden. Wie geht es Ihnen?"

Vor dem Bürotisch baute sich Welden auf. Er stützte die bandagierten Hände auf die Schreibplatte und starrte den Officer unversöhnlich an und fragte übergangslos: „Haben Sie den Mörder, Hoogan? Haben Sie den Mörder meiner Frau geschnappt?"

Hoogan sah in die unerbittlichen Augen des Gegenübers und unter dem stählernen Blick wurde ihm unbehaglich. „Mr. Welden, unsere Ermittlungen laufen auf Hochtouren ..."

Gereizt unterbrach ihn Welden: „Sie hatten vier Monate Zeit um den Fall aufzuklären, Lieutenant Hoogan. Haben Sie Grazias Mörder eingelocht?"

„Es gibt mehrere Verdachtsmomente..."

Unvorhersehbar verlor Welden die Beherrschung und das Antlitz verwandelte sich in eine häßliche Fratze. „Verdammt noch mal, Hoogan, verschonen Sie mich mit den leeren Phrasen und geben Sie einfach zu, Sie haben nichts, aber auch gar nichts erreicht. Es gibt keine Verdachtsmomente. Sie haben versagt. Ihr ganzer beschissener Polizeiapparat hat versagt. Mann, Lieutenant Hoogan, fahren Sie meinetwegen zur Hölle!" Jedes Wort traf Hoogan wie ein Peitschenhieb. Unverhofft beruhigte sich Welden, sprach wieder emotionslos: „Nun gut, Hoogan, ihre Ermittlungen sind also im Sande verlaufen. Sie hatten Ihre Chance und ab heute bin ich im Spiel. Ich schnappe mir dieses Killerschwein!"

„Ich warne Sie, Mr. Welden", sagte Hoogan. „Wenn Sie sich außerhalb der Gesetze bewegen, lasse ich Ihre Detektivlizenz und Ihren Waffenschein einziehen."

„Sie können sich mit den Papieren den Hintern putzen", knurrte Welden wie eine störrische Bulldogge. „Außerhalb des Gesetzes? Das ich mich nicht totlache. Bleiben Sie mir nur vom Hals, Hoogan und kreuzen Sie nicht meinen Weg."

Welden donnerte die Tür hinter sich ins Schloss, dass das Tintenfass auf dem Schreibtisch hüpfte.

Bevor Jeck Born den Partner zu folgen konnte, stoppte ihn Hoogan: „Mr. Born, wenn Sie Weldens Freund sind, dann passen Sie auf ihn auf."

Bissig sagte Born: „Ich bin sein Freund, Lieutenant, und Ihre Ratschläge benötige ich nicht. Ich passe auf Boy auf, aber ich werde im Hintergrund agieren, denn er wird sich von niemand aufhalten lassen. Auch von mir nicht. Ich habe in vier Monaten nichts Brauchbares in der Hand. Überall in New York empfing mich eine Mauer des Schweigens. Wen ich auch fragte, keiner verriet etwas, keiner weiß wer die Bombe an das Fahrzeug montierte. Keiner der kleinen, geldgierigen Gauner und Spitzel plauderte, und wenn ich noch so viele Dollars anbot. Irgendwer kontrolliert die halbe Unterwelt."

„Dann wird auch niemand mit Welden reden!"
„Mag sein", hob Born die Schulter. „Aber vielleicht doch!"
„Sie werden mich benachrichtigen, sollte er etwas herausfinden?"
Freudlos lächelte Jeck Born: „Was ich erfahre, werden auch Sie erfahren." Doch er hörte sich an, als meine er das Gegenteil.

Gleich darauf stand er auf dem Besucherparkplatz des Polizeidepartements und sein Porsche und Steven B. Welden waren verschwunden.

„Scheißkerl!", fluchte Born bitter. Er wusste, die Hundeschnauze hatte die Jagd auf Grazias Mörder eröffnet...

***

In der Montgomerystreet im Westen Manhattans bremste Welden den roten Porsche vor dem Haus Nr. 88.

Welden klappte das Handschuhfach auf und lächelte zufrieden, als er seinen 38er Smith&Wesson im braunpolierten Lederholster entdeckte. 'Guter Freund', dachte er und überprüfte routiniert die Trommel. Der Colt war geladen. Er verstaute ihn in der Manteltasche und stieg aus dem Fahrzeug.

Kühles Nieselwetter.

Das Haus 88 entpuppte sich als ein altes, schmuckloses Mietgebäude, fünfstöckig und sehr renovierungsbedürftig. Die Außenfassade bröckelte in großen Flächen ab, die Fensterscheiben blind und verschmutzt, die hölzernen Fensterläden stark verwittert.

Aufmerksam schaute Welden sich um. Die enge Seitengasse lag menschenleer vor ihm und auf dem Kopfsteinpflaster glänzte das dreckige Regenwasser. Er betrat den kalten Treppenhausgang. Es stank nach Knoblauch, abgestandenen Zigarettenrauch, nach alter Farbe, Terpentin und nach Katzenpisse. Von irgendwoher tönte blecherne Jazzmusik aus einem Transistorradio. Ein Hund bellte und ein Baby kreischte vor Hunger.

Mühsam entschlüsselte Welden die verblichenen Namensschilder an den primitiven Briefkasten. Schließlich fand er den Namen den er suchte. *George Factha*. Mit dem Taschenmesser knackte er den einfachen Deckel. Schnell sortierte er den überquellenden Inhalt. Lauter unwichtiger Dinge, Reklame- und Werbeschriften, kein Brief und keine Postkarte. Er stopfte das wertlose Papier in den Blechkasten zurück und drückte nicht besonders sorgfältig den verbogenen Deckel zu. Dann machte er sich über die knarrenden Holztreppen auf dem Weg nach oben.

Facthas Wohnung lag im dritten Stockwerk. Welden registrierte das breite, unbeschädigte Polizeisiegel an der Eingangstür.

Sekundenlang lauschte er, dann klemmte er die Messerklinge in den Türspalt auf Höhe des ausgeleierten Schlosses und schob den Schnapper zurück. Die Tür sprang auf. Die amtliche Banderole zerriss und Welden drängte sich blitzschnell in die Wohndiele.

Abgestandene, mufflige Luft lagerte in den Räumen. Seit Facthas gewaltsamem Tod war die Wohnung nicht mehr gelüftet worden. Auf den Möbeln, in den Regalen, in Spalten und Ritzen, überall hing fingerdicker Staub.

Eigentlich wusste Welden gar nicht, nach was er suchte oder zu finden glaubte. Die Mordkommission hatte mit Sicherheit die Bude auf den Kopf gestellt. Aber irgendwo musste er mit den Ermittlungen beginnen. Warum also nicht mit Facthas Zweizimmerwohnung.

Natürlich konnte er auch nicht wissen, ob sich der Mord an Factha in irgendeiner Weise mit dem Bombenattentat auf Grazia verknüpfte.

Er zog die Schubfächer des alten Eichenschrankes heraus und blätterte flüchtig die vielen Briefe durch. Strom- und Telefonrechnungen, Benzinscheine, Lebensversicherungspolicen und Kaufbelege. Das war ein Schlag ins Wasser. In dieser Wohnung wird er nichts erfahren, das ihn weiterhelfen würde.

Mitten in der Bewegung verharrte er jäh und lauschte angespannt. Waren da nicht Schritte im Korridor? Leise, schleichend, Gefahr verheißend.

Welden stellte sich neben den Wohnzimmereingang, nahm den 38er Colt aus der Manteltasche und wartete.

Langsam, unendlich langsam, senkte sich die Türklinke. Millimeter für Millimeter und absolut geräuschlos, rückte die Tür auf.

Als erstes erschien ein Revolverlauf, dann die behandschuhten Finger, welche die Waffe umklammerten, danach der Arm.

Welden rührte keinen Muskel.

Der Eingang schwang weiter auf. Eine Hutkrempe, ein scharf geschnittenes Gesichtsprofil.

Pfeilschnell zuckte Weldens Hand mit dem Colt vor und drückte die Mündung an die Schläfe des Eindringlings. Sanft sagte er: „Eine Bewegung, ein Atemzug und dein Gehirn klebt an der Wand!"

Mit der freien Linken entwendete Welden den ungeladenen Besucher die Waffe, steckte sie achtlos in den Mantel. Er dirigierte den Fremden, ohne den Revolver von dessen Kopf zu nehmen, zu einem Sessel und befahl ihn, sich niederzusetzen. Dann angelte er nach einen zweiten Polsterstuhl und plazierte sich so nahe an den Mann, dass sich ihre Knie beinahe berührten.

Welden legte den Colt in den Schoß und der Lauf zeigte auf den Bauch des Unbekannten. Ausgiebig musterte er den Mann. Schweigend starrte der zurück. Er trug einen schweren Ledermantel, einen braunen Hut, der seine obere Gesichtshälfte abdeckte. Darunter schmale, brutale Lippen, energisches Kinn.

Unpersönlich forderte Welden: „Nimm den Hut ab und sage mir deinen Namen und was du hier suchst!"

Der Fremde warf den Hut auf das olivgrüne Sofa. Sein weizenblondes Haar war extrem kurz geschnitten, das hagere Gesicht glattrasiert und die wasserhellen Augen blickten kalt wie ein Fisch. Ruhig antwortete er: „Mein Name ist Larr, Cherman Larr. Ich will dir ein Geschäft anbieten, Mr. Welden."

„Du kennst mich also?" Scheinbar geistesabwesend spielte Welden mit dem Revolver.

„Ja, ich observierte dich seit deiner Krankenhausentlassung und verfolgte dich bis hierher. Du bist ausgesprochen leichtsinnig."

„Wirklich profihaft", lobte Welden. „Ich bemerkte keinen Schatten. Gute Arbeit, Mr. Larr!"

Geschmeichelt lächelte Larr: „Das war nicht besonders schwierig. Schließlich bin ich kein Amateur.- Wie ist es, besteht Interesse an einem Geschäft?"

„Ich höre", sagte Welden und nichts in seinem bleichen Gesicht verriet seine Gedanken. Nur die Hand umschloß fester den Revolvergriff. Aber das bemerkte Larr nicht.

„Irgendwer in New York bezahlt mir 20 000 Dollar, wenn ich dich töte", sagte Larr mit dünner Stimme. „Und ich hatte heute schon mehrmals die Gelegenheit dazu. Doch ich dachte mir, rede erst mal mit Mr. Welden..." Larr machte eine kleine Kunstpause und wartete auf eine Reaktion von Welden. Der tat, als hörte er gar nicht hin.

Also sprach Larr weiter: „Ich glaube der Mann, der mich beauftragte dich zu liquidieren, ist auch der Mann, der für die Bombe an deinem

Wagen verantwortlich war. Der Sprengsatz sollte dich in die Hölle befördern. Bedauerlicherweise erwischte es deine unschuldige Frau. Pech gehabt, schiefgelaufen. Und nun zu dem Handel, den ich dir vorschlage..."

Viel zu spät erkannte Larr das hasserfüllte Aufblitzen in Weldens Augen und viel zu spät reckte er die Arme zur Abwehr hoch. Urgewaltig hieb ihm Welden den stählernen Waffenlauf in das Gesicht.

Das Nasenbein knirschte scheußlich, als der Knochen brach und sofort schoß dunkles Blut aus den Löchern. Noch bevor Larr den Schmerz wahrnahm und er agieren konnte, folgte der zweite furchtbare Schlag, der ihm die Vorderzähne und das Unterkiefer zertrümmerte. Er rutschte vom Sessel auf den Teppichboden und spuckte Blut und Zähne aus.

Welden kniete sich zu Larr und setzte ihm die Revolvermündung an die Schläfe. „Ein Geschäft willst du mir vorschlagen?", fragte er mitleidlos und nur die Gletscheraugen lebten in seinem steinernen Gesicht. „Mein Junge, ich mache keine Geschäfte mit Killern. Du wirst diesen Raum nicht lebendig verlassen, wenn du mir nicht deinen Auftraggeber preisgibst."

„Geh zum Teufel!", wisperte Larr. Die blau geschwollenen Lippen bewegten sich kaum. „Ich verstehe nicht, was du von mir willst."

Brutal packte Welden Larr am Haarschopf und drückte ihm die Waffe gegen das gebrochene Nasenbein. „Ich will endlich einen Namen hören."

Schmerzgepeinigt schrie Larr. Er hatte das Gefühl, der eingeschlagene Knochen bohre sich in sein Gehirn.

„Mach es dir nicht so schwer. Ich will nur einen Namen von dir. Verstehst du, Larr? Gib mir einen Namen!"

„Ich weiß...ich weiß nichts", stammelte Larr. „Das war ein telefonischer Auftrag. Es gibt keinen Namen."

Verärgert sagte Welden: „Hältst du mich für blöd? Welche Abspra-

che gibt es? Wie kommt es zum Kontakt? Wie erreichen dich die Befehle und wie bekommst du dein Geld nach erledigter Arbeit?"
„Es gibt keine Namen und keine Telefonnummern. Die Anordnungen erhalte ich über hinterlegte Briefe an meiner Hotelrezeption. Das Honorar wird auf ein Nummernkonto meiner Manhattan Bank überwiesen."
„Nun stelle deine Lauscher auf", sagte Welden zornig. „Du glaubst wohl, du bist ein harter Bursche, was? Ich denke, du bist bei weitem nichts so hart, wie du dir einbildest." Eindringlich erhöhte er die Pression gegen das gesplitterte Nasenbein. „Ich frage dich nun zum letzten Male, mein Junge. Wer beauftragte dich?"
Die Höllenqual raubte Larr fast den Verstand. „Mann, hör auf damit! Du... du bringst mich noch um. Mein Gott, ich verblute..."
„Hast du die Bombe gelegt?"
„Nein, nein, damit habe ich nichts zu tun. Verdammte Scheiße, du...du weißt genau, es gibt in meinem Job keine Namen. Die großen Bosse bleiben lieber im Hintergrund."
„Du bist tatsächlich ein harter Brocken", sagte Welden freudlos. Das gespenstische Feuer in seinen Augen war erloschen. „Du hast viel Glück, dass ich dich nicht töte." Angeekelt ließ er das Haarbüschel aus und Larrs Kopf schlug auf den Boden.
Müde stemmte sich Welden hoch und verstaute den Revolver im Mantel. Ein abwertender Blick auf die jammernde Gestalt zu seinen Füßen. Ungerührt sagte er: „Finde ich heraus, du hast entgegen deinen Beteuerungen etwas mit Grazias Tod zu tun, dann komme ich wieder. Und dann wirst du dir wünschen niemals geboren zu sein."
„Ich werde dich mit Freude erwarten", flüsterte Larr tonlos und halb betäubt vor irrsinnigen Schmerzen. „Und dann zahle ich dir alles zurück. Zahn für Zahn..."
Aber Welden konnte ihn nicht mehr hören. Er hatte die Wohnung bereits verlassen und stieg die Etagenstufen hinab. Eine unnatürliche

Stille herrschte in den Gängen. Das Transistorradio spielte nicht mehr. Kein plärrendes Babygeschrei, kein bellender Hund. Hinter den verschlossenen Türen war jedes Lebenszeichen verstummt. Lediglich der vielschichtige Gestank im Treppenhaus blieb unverändert.

Endlich verweilte Welden wieder auf der unbelebten Straße und atmete erleichtert die kühle und feuchte Luft ein. Die Abenddämmerung senkte sich über die Stadt und vom wolkenverhangenen Himmel prasselte der Regen.

Welden hastete zu dem roten Porsche, sperrte ihn auf. Da fühlte er einen lautlosen Schatten im Rücken und eine harte Stimme sagte: „Ganz ruhig, Mr. Welden, ganz ruhig. Mein Zeigefinger ist sehr nervös. Legen Sie Ihre Pfoten auf das Wagendach und spreizen Sie die Beine. Und alles schön langsam."

„Ich Idiot", dachte Welden verbittert, während er die Anweisungen des Hintermannes befolgte. „Ich hätte mir denken können, dass Larr nicht allein arbeitete, sondern sich mit einem zweiten Mann absicherte."

Flinke Finger tasteten Welden ab, entdeckten die beiden Schusswaffen und nahmen sie ihm ab. „Okay, Sie scheinen sauber zu sein. Drehen Sie sich um!"

Bedächtig wendete Welden auf dem Stiefelabsatz. Vor ihm ein mittelgroßer Mann im schwarzen, langen Regenmantel. Pockennarbiges Gesicht, dunkle Augen, dünne, brutale Lippen. Der gleiche Typ wie Larr. Auch ein Mietkiller. Lässig hielt er einen Revolver auf Welden gerichtet. „Wo ist Cherman? Haben Sie ihn umgenietet?"

Spontan entschied sich Welden den Dummen zu mimen. „Sie müssen mich verwechseln, Mister." Aus den Augenwinkeln beobachtete er den Hauseingang. Es konnte nicht lange dauern, bis Larr sich erholte und er hier unten auftauchte. Bekam ihn Larr in die Klauen, war er erledigt. „Wie heißt der Mann, den Sie vermissen? Hörmann?" fragte er und suchte fieberhaft nach einem Ausweg. „Ich kenne keinen Hörmann. Wer ist das? Ihr Freund?"

„Erzähle keine Märchen", fauchte der Gegenüber. „Du bist der Schnüffler Steven Boy Welden! Verarsche mich also nicht. Cherman ist dir ins Haus nachgegangen. Was hast du mit ihm gemacht? Rede, bevor ich dich mit Blei vollpumpe!"

„Keine Ahnung, was Sie von mir wollen", beteuerte Welden und blickte verdutzt an dem Killer vorbei, ohne viel Hoffnung, dass dieser tausendjährige Trick gelingen könnte. „He, sehen Sie, da kommt jemand aus dem Haus! Ist das Ihr gesuchter Freund?"

Wider Erwarten wendete der Gangster den Kopf, um den Gebäudetrakt in das Sichtfeld zu bekommen.

Diese winzige Unaufmerksamkeit genügte Welden. Blitzschnell rammte er den Fuß zwischen die Beine des Mannes. Der brüllte schmerzgetroffen auf, verlor die Waffe und sackte in die Knie. Wiederholt trat Welden zu. Der Stiefel traf den Mann frontal ins Gesicht und beförderte ihn rückwärts auf den nassen Asphalt. Den dritten Fußtritt gegen die Kopfseite spürte er wahrscheinlich gar nicht mehr. Bewegungslos blieb er liegen und der strömenden Regen wusch das Blut aus dem verletzten Antlitz und vermischte es mit dem dreckigen Rinnsteinwasser.

Welden bückte sich nach seinen 38er Colt, setzte sich triefend nass in den Wagen, durchweichte die Polster, startete den Anlasser und fuhr los. Er schaltete das Abblendlicht und die Scheibenwischer ein.

Lähmende Müdigkeit übermannte ihn, verbunden mit dem Gefühl ungeheurer Einsamkeit. New York war eiskalt und fremd geworden.

***

Irgendwo in New York City, Brooklyn, wenige Stunden vor Mitternacht.

„Du verdammter Idiot!", maßregelte der stiernackige Mann hinter dem Arbeitstisch den vor ihm stehenden, ungebetenen Besucher. „Ich habe dir doch ausdrücklich befohlen, dich hier nie blicken zu lassen. Die Sache ist gelaufen. Du hast dein Geld kassiert, was willst du also von mir?" Der Grauhaarige klappte ein goldenes Zigarettenetui auf und entnahm einen filterlosen Glimmstengel.

Der gescholtene Gast beeilte sich beflissentlich sein billiges Benzinfeuerzeug zu entflammen.

Doch sein massiges Gegenüber ignorierte ihn einfach und zündete die Zigarette selber an. „Ich hoffe für dich, Wonda, du hast eine akzeptable Begründung für die Missachtung meines Befehles."

Der schmächtige Henry Wonda im abgetragenen Kaufhausanzug werkelte nervös mit dem Feuerzeug und die Augen flackerten unruhig. „Ich brauche dringend Geld, Sir. Ich muss aus New York abhauen. Ich dachte an 10000 Dollar und einen neuen Pass."

„Du hast schon vor geraumer Zeit 5000 Dollars eingesteckt, lieber Wonda. Wo sind die Piepen geblieben?"

„5000 Mäuse sind nicht allzu viel", klagte Wonda. Ihm wurde unerträglich heiß, obwohl die Raumtemperatur eigentlich zu kühl war. „Ich hatte Pech beim Pokern. Mein Gehalt als Nachtportier reicht hinten und vorne nicht aus. Dazu kommen die Unterhaltszahlungen an meine geschiedene Frau. Sie blutet mich aus. Ich glaube meine damalige Aussage vor Gericht, die Rick de Sallab belastete, könnte mehr wert sein als 5000."

Der Grauhaarige blies den Rauch durch die Nase. Das grobporige Gesicht verdunkelte sich, die Stimme klang rau und gefährlich leise: „Willst du mich erpressen, du kleiner Pisser? Du hast vor einem halben Jahr die Moneten erhalten. Und jetzt erscheinst du unangemeldet in meinem Büro und forderst einen Nachschlag?"

Bei jedem Wort zuckte Henry Wonda wie unter Stockschlägen zusammen. Ihn würgte ein Kloß im Hals und er konnte ihn nicht hinunterschlucken. Nach und nach dämmerte ihm sein schlimmer Fehler

und tödliche Angst bemächtigte seiner. Ungeschickt versuchte er die Entgleisung auszubügeln. „Ich will Sie nicht erpressen. Ich bitte Sie nur um Ihre Hilfe. Genehmigen Sie mir einen Kredit von Zehntausend, einen Pass und ich verschwinde schnellstmöglich aus der Stadt."
„Was ist los mit dir? Warum bekommst du plötzlich kalte Füße? Vor wem fürchtest du dich?"
„Dieser Privatdetektiv Welden wurde heute aus der Klinik entlassen!", sagte Wonda.
Gehässig lachte der Grauhaarige: „Steven B. Welden? Wer ist das? Ein Möchtegerndetektiv! Warum ängstigst du dich vor dem? Was sollte er von dir wollen? Er kennt dich doch gar nicht. Sicher, er wird dem Mörder seiner Frau erfolglos nachhecheln, aber was interessiert dich das?"
„Nichts, rein gar nichts", beeilte sich Wonda zu versichern. „Ich habe damit nichts zu tun. Dennoch ist bekannt, dass Laila de Sallab einen Tag bevor Weldens Frau starb, diesen ihn seiner Privatwohnung aufsuchte. Bestimmt gab sie ihm den Auftrag Entlastungsmaterial für ihren Vater zu beschaffen, dabei erwähnte sie sicher meinen Namen."
„Wonda, du siehst Gespenster", spottete der bullige Kontrahent. „Und du leidest an Verfolgungswahn. Welden hat den Auftrag doch nicht angenommen, sonst hätte Laila den armen Calluzzi nicht erschossen. Aber gut, wenn du unbedingt beabsichtigst unterzutauchen, meinetwegen. Ich lege dir keine Steine in den Weg. Die gewünschte Summe schenke ich dir. Das bin ich dir schuldig. Danach höre ich nie wieder von dir. Habe ich mich klar ausgesprochen?"
Sichtbar befreit schnaufte Wonda durch: „Alles klar, Sir! Ich fahre nach Kansas. Dort lebt eine Tante von mir. Ich bin Ihnen zu großen Dank verpflichtet. Ihre Warmherzigkeit ist grenzenlos."
„Spar dir deine Schleimerei. Denke daran, ich will nie wieder ein Lebenszeichen von dir sehen. Du bist für mich gestorben. Ich lasse dir bis Mitternacht das Geld und den Pass überbringen. Wo erreiche ich

dich? Zuhause?"

„Nein, ich gehe nicht mehr in meine Wohnung. Ich warte im Crazy Girl."

„Gut, ich schickte dir Jemanden mit den Moneten dorthin!"

„Kenn ich den Mann?"

„Nein", erwiderte der Grauhaarige. „Und nun hau ab!" Mit einer herablassenden Handgeste verabschiedete er Wonda. Nachdem der gegangen war, schob er den Telefonapparat zu sich heran und wählte eine Nummer.

Zweimal schlug das Telefon an, dann meldete sich eine männliche Stimme, ohne einen Namen zu nennen. „Ja?"

„Mr. Larr?"

„Tut mir leid, Mr. Larr ist verhindert. Ich bin sein Partner. Kann ich was für Sie tun, Mister?"

„Ist Larr tot?"

Ein kurzes Auflachen am Leitungsende: „Nein, Larr ist nur krankgeworden. Er bekam jählings Nasenbluten und Kieferschmerzen. In ein paar Tagen ist er wieder okay."

„Ich habe noch einen eiligen Job für Sie. In einer Stunde liegt an der Rezeption Ihres Hotels ein größerer Umschlag. Lesen Sie den Inhalt und führen Sie den Auftrag aus."

Ohne eine Antwort abzuwarten, legte der Grauhaarige den Hörer zurück.

***

Als Welden eine gute Stunde vor Mitternacht den rege besetzten Nachtklub *Crazy Girl* auskundschaftete, hatte er eine Mütze voll Schlaf in einer schäbigen Absteige hinter sich.

Stimmengeschwirr, schwülstige Backroundmusik, Zigarettenqualm, Alkoholdunst und rot gedämpftes Neonlicht. Auf dem Podium räkelte sich eine nackte, schwarzhaarige Tänzerin, angestrahlt von gleißenden Scheinwerfern.

Welden steuerte die lange Bartheke an und kletterte auf einen Hocker. Er knöpfte den Mantel auf, aber zog ihn nicht aus. Der Platz war so gewählt, dass er den Eingang im Blickfeld hatte.

Eine platinblonde Barfrau im giftgrünen, tief dekolletierten Pullover taxierte ihn wohlwollend und lächelte ihn einladend an. „Hallo, Stranger, willkommen im Haus der Freude. Was möchtest du trinken?"

Welden erwiderte das Lächeln. „Hallo, schönes Kind!" Er tippte den Hut aus der Stirn. „Gib mir einen doppelten Bourbon und für dich ein Getränk deiner Wahl."

Sie bedankte sich und holte zwei unterschiedliche Flaschen unter dem Tresen hervor, stellte Gläser auf und goss ein. „Ich bevorzuge Cognac." Welden war überzeugt, in der angeblichen Weinbrandflasche war lediglich Tee enthalten. Doch das störte ihn nicht.

„Prima!", sagte er und nippte am Whisky.

„Du bist neu hier?" Sie beugte sich über den Schanktisch und gewährte ihm tiefe Einblicke. Die Brustwarzen drängten hart gegen den dünnen Wollstoff des ärmellosen Pullovers. „Ich habe dich noch nie bei uns gesehen. Du siehst schrecklich aus, hattest du einen Unfall?"

Welden nickte: „Autocrash, Gesicht und Hände verbrannt."

„Oh, wie entsetzlich", sagte sie mitleidig. „Ich wünsche dir, du wirst bald wieder gesund. Ehrlich, so schlimm siehst du gar nicht aus."

„Danke für deinen Trost, Baby." Er hob das Glas und prostete ihr zu. „Ich heiße John Smith und du?"

„Sag Isabell zu mir.- Auf deine Gesundheit, Johnny!" Sie leerte ihr Glas in einem Zug.

Am anderen Ende der Theke rief ein Gast ungeduldig nach Isabell und einem Trink.

„Ich komme sofort zu dir, Henry", antwortete sie laut und sagte zu Welden: „Sorry, Johnny, die Arbeit ruft. Ich bin gleich wieder da."

Hüfte wiegend trippelte Isabell auf hohen Pumps zu dem gereizten Kunden. „Henry, alter Suffkopf, du sollst nicht soviel saufen", hörte Welden sie gutmütig schimpfen.

„Tolle Puppe, was?" schnalzte der Glatzköpfige neben Welden anzüglich mit der Zunge. „Was für ein geiler Arsch, was für Titten, was für eine Figur. Leider nicht mehr die Allerjüngste und zu stark geschminkt. Aber sonst eine scharfe Braut. Ich würde sie nicht von der Bettkante stoßen."

Welden beachtete ihn einfach nicht. Er zündete eine Zigarette an und trank den Whiskey.

Beleidigt widmete sich der Nachbar seinem schalen Bier und glotzte lüstern auf die Nackttänzerin, die auf der Bühne laszive Körperbewegungen ausführte.

Isabell kehrte zurück. Wie selbstverständlich schenkte sie die Gläser nach. „Um vier Uhr habe ich Feierabend, Johnny", sagte sie vieldeutig.

Insgeheim musterte Welden sie genauer. Das schummerige Rotlicht schmeichelte ihrem geschminkten Gesicht. Früher war Isabel einmal sehr hübsch gewesen. Doch jetzt zogen tiefe Falten um ihre Augen. Nicht einmal das dicke Rouge übertünchte dies. Er schätzte Isabell an die dreißig Jahre, vielleicht auch jünger, aber die Haut war schon lange verblüht. Ein ausschweifendes Nachtleben, eine Menge Alkohol, viele Männer und noch mehr Enttäuschungen hatten dafür gesorgt. Eine Frau, die sich aufgegeben hatte und vom Leben nichts erhoffte. Eine desillusionierte Animierfrau in einem schäbigen Etablissement.

„Weißt du", sagte er freundlich. „Eigentlich komme ich wegen einer alten Bekannten, die hier mal arbeitete."

„Ach so", erwiderte Isabell. „Schade..."

„Die Geschichte mit Doreen..."

Misstrauisch fiel sie ihm ins Wort: „Doreen? Doch nicht Doreen Factha? Diese nachgemachte Brigitte Bardot? Auf diese ausgelutschte

Fixerin fährst du ab?"

„Blödsinn, Doreen war nicht mein Typ", wehrte er ab. „Ich erinnere mich gar nicht mehr so genau an sie. Ich war damals total besoffen, als Doreen mich ins Bett schleppte. Trotzdem habe ich die Nacht nicht vergessen. Das ist nun ein Jahr her. Zufälligerweise war ich heute in der Gegend und da dachte ich mir, schau mal nach der blonden Doreen. Aber jetzt, wo ich dich sehe, interessiert sie mich nicht mehr." Liebevoll tätschelte er ihre Hand.

Isabell fühlte sich hofiert und ihr Argwohn erlosch. Sie zog ihre Hand unter seiner nicht weg. „Doreen lebt nicht mehr hier. Der frühere Boss feuerte sie fristlos, weil sie einen Gast beklaute. Das war vor wenigen Monaten, seitdem habe ich nie wieder von ihr gehört."

„War Doreen wirklich rauschgiftsüchtig? Ich habe nichts an ihr bemerkt."

„Ja, sie konnte ohne das Teufelszeug nicht mehr leben!"

„Das kostete jede Menge Kohle. Soviel verdiente Doreen doch nicht. Woher kam das Geld und wer versorgte sie mit dem Heroin?"

Erneut wuchs Isabells Misstrauen: „Mann, du stellst Fragen wie ein Bulle! Bist du einer?"

Gestenreich zerstreute er ihre Bedenken: "Quatsch, sieh mich an. Sieht so ein Bulle aus? Kein Cop in New York läuft mit so einer Visage herum. Ich war einfach nur neugierig. Du musst mir nichts erzählen, vergiss es!" Seine bandagierte Hand langte zum Whiskyglas.

„Nun sei nicht gleich eingeschnappt, John", lenkte sie ein. „Ich meinte es nicht so. Bleibe da, ich gebe schnell der Kollegin Bescheid, sie soll mich eine halbe Stunde vertreten, dann können wir uns in Ruhe unterhalten."

Er freute sich: „Phantastisch, Baby! Beeile dich." Er trank den bernsteinfarbenen Whisky und im selben Moment erblickte er den schlanken Mann im schwarzen Ledermantel im Lokaleingang. Beinahe rutschte Welden das Glas aus den Fingern, als er den Neuankömmling erkannte. Das war der Mann, den er am späten Nachmittag in der Montgomery-Street zusammengeschlagen hatte. Im bleichen Gesicht des Killers klebten drei größere Heftpflaster. Sie verdeckten die Wunden, die Weldens Fußtritte verursachten. Sorgfältig schien er nach jemanden Ausschau zu halten.

Instinktiv schob Welden den Hut tiefer über die Augenbrauen und fasste nach dem Revolver in der Manteltasche.

Gemächlichen Schrittes marschierte der Gangster auf die Bar zu.

„Verdammt", dachte Welden, drehte das Haupt weg und konzentrierte sich darauf die Waffe zu ziehen und zu schießen.

Der Mann ging jedoch an Welden vorbei und würdigte ihm nicht die geringste Interesse. Er trabte weiter bis zum Ende der langen Bartheke und sprach einen Gast an, der ein volles Bierglas vor sich stehen hatte.

Welden atmete die angehaltene Luft aus. Unauffällig bespitzelte er die beiden Männer im zwielichten Schein der Barbeleuchtung. Sie wechselten nur einige Worte. Der kleine Schmächtige trank hastig den Bierkrug leer und kippte einen Schnaps hinterher.

Unduldsam zupfte ihn der Hagere am Jackenärmel, forderte ihn augenscheinlich zum Aufbruch. Nur widerstrebend gab der Kleinere nach und gemeinsam drängten sie an Welden und den anderen Gästen vorbei zum Ausgang.

Grübelnd sah Welden ihnen hinterher. Was ging da vor sich?

„He, du Träumer", unterbrach Isabell seine Gedanken. „Ich bin wieder da. Spendierst du noch einen Trink, Johnny?"

„Was?", fragte er verwirrt. „Äh, natürlich, Baby, schenke uns ein.- Sag mal, kennst du die beiden Männer, die eben das Lokal verlassen haben? Ich bilde mir ein, dem Großen im langen Mantel bin ich schon einmal begegnet."

„Mensch, Johnny, du stellst dauernd unwichtige Fragen", lamentierte Isabell. „Merkst du nicht, wie scharf ich auf dich bin? Wenn du möchtest verkrümeln wir uns auf mein Zimmer. Ich garantiere dir eine heiße Nummer. Du wirst es nicht bereuen und die blöde Doreen vergessen."

Er streichelte über ihren Handrücken. „Sei mir nicht böse, Baby. Aber für einen schnellen Fick bist du mir zu schade. Du bist ein prächtiges Mädchen und keine Nutte. Ich will mit dir schlafen. Dann später ein gemeinsames Frühstück mit Sekt und Kaviar. Ich will dich eine ganze Nacht lang verwöhnen. Kein billiger Sex in der stinkigen Hinterhofbude."

Das aufgesetzte, ordinäre Lächeln zerbröckelte in ihrem gepuderten Gesicht und wich einer unglaublichen Verwunderung. Isabell wirkte auf einmal ausgesprochen hübsch und sympathisch, sogar eine Spur verlegen. „Oh, Johnny", hauchte sie. „Das war seit Jahren die schönste Liebeserklärung von einem Mann. Du bist ein richtiger Schatz."

„Ich sage nur meine ehrliche Meinung", log Welden unverfroren. „Wenn du erlaubst, hole ich dich nach Dienstschluss ab und wir übernachten in meinem Hotel, im Waldorf Astoria. Wir werden uns lieben, schlafen, frühstücken und wieder lieben."

„Oh, mein Gott, du wohnst im Waldorf Astoria?", zirpte Isabell. „Dort willst du mich vernaschen? Du hast ein Zimmer in dieser Nobelherberge?"

Er steckte sich eine neue Zigarette an. „Ja, aber nun lass uns ein bisschen quatschen", sagte er leichthin. „Wie ist es, kanntest du die beiden Männer?"

„Ich kenne nur das halbverhungerte Würstchen. Das ist ein Stammgast. Er heißt Henry Wonda!"

Nun war Welden tatsächlich überrascht: „Henry Wonda? Doch nicht der Henry Wonda, von dem in der Zeitung zu lesen war. Ein wichtiger Zeuge in einem Mordprozess?"

„Du bist gut informiert. Henry war Zeuge wie unser Clubbesitzer Rick de Sallab seine Ehefrau erwürgte. Auf seiner Aussage hin verurteilten die Geschworenen de Sallab zum Tode."

Gedanken schwirrten wie Pfeile durch Weldens Gehirn. Was wollte der Killer von dem Nachtportier? Sollte Wonda beseitigt werden?

Vertraulich neigte sich Isabell zu ihm und war auf einmal sehr redselig. „Da ist noch etwas. Die Tochter von Rick de Sallab erschoss vor vier Monaten unseren Geschäftsführer. Sie kam zu mir und fragte nach Calluzzi. Ich hatte keine Ahnung was sie plante, als ich ihr das Geschäftszimmer zeigte. Ein paar Minuten später rannte sie wie von allen Teufeln gehetzt aus der Bar. Ich dachte mir nichts dabei. Eine Stunde danach wollte ich Geld wechseln und fand den toten Calluzzi. Jesus, sie hatte ihm zwei Kugeln in den Schädel geblasen."

„Jetzt bindest du mir einen Bären auf, oder? Du warst wirklich hautnah dabei?"

„Wenn du mir nicht glaubst, dann frage die Polizei. Ich habe alles zu Protokoll gegeben. Calluzzi vögelte die Frau des Chefs und das Mädchen war von der Idee besessen, Calluzzi wäre auch der Mörder, nicht ihr Vater. Das stand alles in der Presse."

„War Calluzzi auch ein Rauschgiftdealer?", fragte Welden ins Blaue hinein. „Versorgte er Doreen mit Heroin?"

Entschieden schüttelte Isabell den Kopf: „Davon weiß ich nichts. Das geht mich auch nichts an, wer Doreen mit Stoff belieferte. Ich mache nur meinen Job an der Bar."

Seine Stimme verhärtete sich: „Komm schon, Isabell. Spiel nicht die Unschuld vom Lande. Du weißt genau was hier läuft. Calluzzi handelte mit Rauschgift und Doreen wurde weggeschafft, weil sie zuviel wusste."

Welden war jetzt alles egal. Einige Gäste blickten aufmerksam zu ihnen herüber. Er packte Isabell fest am Oberarm. „Erzähl mir alles, was du weißt. Du steckst schon mitten in der Scheiße!"

Enttäuscht und wütend zugleich giftete Isabell ihn an: „Also doch ein Bulle?" Sie versuchte ihren Arm loszureißen. „Mann, verpisse dich, bevor ich dich rauswerfen lasse."

„Ich bin kein Cop", sagte er kalt und seine Augen glänzten wie poliertes Eis. „Du schwebst in Todesgefahr. Der Mann, der Wonda abholte, war ein Profikiller und wird ihn töten. Er wird zurückkommen um dich als Augenzeugen zum Schweigen zu bringen."
Isabell fauchte ihn an: „Verschwinde endlich, Johnny. Verschon mich mit deinen Horrorgeschichten. Hau ab!"
„Okay", sagte Welden ruhig und lockerte den Griff an ihrem Oberarm. „Ich sage dir etwas..."
„Lass mich zufrieden...!"
„Mein richtiger Name ist Steven B. Welden. Ich bin ein Privatdetektiv. Irgendwer in dieser Stadt ermordete meine Frau. Er tötete sie mit einer Autobombe. Noch weiß ich nicht wer der Schweinehund war. Aber ich werde ihn fassen. Heute, morgen oder in dreißig Jahren. Das habe ich geschworen. Sieh in mein Gesicht, sieh auf meine Hände. Ich wollte Grazia aus dem Feuer retten und schaffte es nicht. Machtlos musste ich mit ansehen, wie sie im Flammenmeer verglühte..."
Sekundenlang stockte Welden. Der Schmerz der Erinnerung überrollte ihn. Doch er hatte sich schnell wieder in der Gewalt. Sein Antlitz war weiß wie ein Segel. Er kritzelte mit einem Bleistift eine Telefonnummer auf den Rand eines Bierfilzdeckels. „Ruf mich an, Isabell. Was dir auch einfällt, rufe mich an." Er bezahlte die Getränke und sagte: „Gib auf dich acht!"
Draußen regnete es nicht mehr und die Nacht war kalt und windig.
Er schritt zu dem Porsche. Regungslos verharrte er im Fahrzeuginnern, umlagert von der Dunkelheit. Wieder einmal fühlte er sich erschöpft und ausgelaugt. Bohrende Gedanken quälten ihn und er erhielt keine Antworten. War er auf der richtigen Fährte? Gab es einen Zusammenhang zwischen den Morden an Factha, an Calluzzi und Grazia? Warum wurde Factha exekutiert? Weil der Täter glaubte, Doreen informierte ihren Mann über den florierenden Rauschgifthandel ihres Chefs? Calluzzi war tot. Wer hatte das Heroingeschäft übernommen?

Was geschah mit Doreen? Lebte sie noch?
Die Sprengladung am Chevrolet war für ihn bestimmt. Er war das Ziel. Aber warum?
Welden umarmte das Holzlenkrad und legte das Haupt auf den Ellenbogen. Vielleicht bildete er sich alles nur ein. Eventuell baute irgendein entlassener Sträfling, den Welden hinter Gittern brachte, als Rache die Bombe an das Fahrzeug. Und Grazias Tod hatte nichts mit den Facthas und den Calluzzis zu tun.
Doch im Innern keimte sein Instinkt. Er war sich sicher, er schnüffelte auf der richtigen Fährte. Auch wenn er noch nicht in der Lage war, die vielen Fragen zu beantworten.
Morgen beginnt ein neuer Tag. Morgen wird er Rechtsanwalt Nick Collins mit einer Stippvisite überraschen.
So schlief Steven B. Welden über dem Steuer ein.

***

Unvermittelt schreckte er aus dem traumlosen Schlaf hoch. Irgendetwas hatte ihn wachgerüttelt. War es der neu einsetzende Regen, der unaufhörlich auf das Blechdach trommelte oder die näselnde Kälte, die sich in den Kleidern einnistete?
Welden schaute in der Finsternis auf die Leuchtziffern seiner Armbanduhr. Ein Uhr morgens. Demnach hatte er eine Stunde gepennt und jetzt fror er erbärmlich.
Das Regenwasser rannte in Bächen über die Windschutzscheibe. Es war ihm unmöglich etwas zu erkennen, weil die Innenscheibe wegen der Feuchtigkeit stark angelaufen war. Er wischte mit dem Mantelärmel den Dunstschleier weg.
Wie ausgestorben spiegelte sich die pitschnasse Asphaltstraße. Links und rechts parkende Autos, keine nächtlichen Spaziergänger. Warum war er aufgewacht?

Griffbereit legte Welden den Revolver auf den Beifahrersitz. Er hielt den Atem an und horchte angestrengt. Lediglich strömender Regenschauer und das Klopfen des eigenen Herzens.

Auch die Sicht nach hinten war durch die beschlagene Heckscheibe eingeschränkt.

Entschlossen schnappte Welden den 38er und stieg aus dem Porsche. Er witterte die Bedrohung, die ihn wie ein Krake anfiel. Schritt für Schritt umwanderte er den Wagen. Der Regen peitschte ihm in das Gesicht, durchnässte in Sekunden seine Klamotten.

Die Straßenlaterne beleuchtete unzureichend den breiten Gehsteig. Kein Mensch weit und breit.

Hinter dem Porsche erhob sich eine bunt plakatierte Litfaßsäule.

‚Was tue ich hier eigentlich? Es ist ein Uhr morgens und es gießt wie aus Eimern', dachte er. ‚Ich schlafe in einem Auto, anstatt in einem warmen, weichen Bett. Ich höre Geräusche, wo keine sind. Ich bin nass bis auf die Haut, das Kreuz tut weh und ich habe Hunger und Durst. Was für eine beschissene Nacht!'

Eine dunkle Gestalt löste sich aus dem Schatten des Werbungspfeilers und trat hinter Welden. „Halte die Luft an", sagte die spröde Stimme. „Lass die Knarre fallen, lege die Hände über den Kopf und knie dich nieder." Im Nacken spürte Welden den feuchten Atem des Unbekannten und hörte ihn sagen: „Du hast keine Chance, Mann, und solltest tun, was ich sage."

Resignierend ließ Welden den Revolver aus, kniete sich auf die Straße und verschränkte die Arme über den Nacken.

Der Fremde umkreiste Welden wie ein Wolf seine Beute. Dann blieb er breitbeinig stehen und starrte auf ihn herunter. „Hallo, Mr. Welden, lange nicht mehr gesehen. Wie geht's?"

Langsam blickte Welden hoch. Über ihm stand der Mann, den er vor Facthas Wohnung außer Gefecht setzte. Und der Henry Wonda aus dem **Crazy Girl** begleitete.

„Ich bin Rock Sander", stellte sich der mittelgroße Mann vor. Das Regenwasser perlte an dem knöchellangen Ledermantel ab. „Ich habe dich in der Bar nicht übersehen. Aber ich musste zuerst einen wichtigeren Auftrag zu Ende bringen. Daher hatte ich keine Zeit für dich. Wegen dir kehrte ich noch einmal zurück, und welch ein Glück. Ich finde dich schlafend in deinen Wagen."

„Scheiße!", sagte Welden, da folgte schon der erste Fußtritt, der ihn an der Brust erwischte und ihn auf den Rücken schleuderte.

„Herzliche Grüße von Cherman Larr!", höhnte der Killer und stampfte in Weldens Magengrube.

Wehrlos krümmte sich Welden auf dem glitschigen Kopfsteinpflaster. Er versuchte wegzurollen, doch Sander blieb an ihm dran, packte ihn am Mantelkragen und stemmte ihn hoch. Ihre Gesichter berührten sich beinahe und Welden roch den unangenehmen Mundgeruch des Gegenübers.

„Es wäre mir eine große Freude dich einzusargen", sagte Sander. „Das würde mir Larr aber nie verzeihen. Du hattest ihm übel mitgespielt, von mir gar nicht zu sprechen. Dafür werden wir uns revanchieren."

Welden machte sich so schwer wie möglich, ließ die Füße nach unten hängen und Sander konnte ihn nicht mehr halten. Er musste ihn wieder auf den nassen Asphalt gleiten lassen.

Also kniete Welden auf der gottverlassenen Straße in einer schmutzigen Wasserpfütze und der schwarzbewölkte Himmel öffnete sämtliche Schleusen und schüttelte den Regen wie aus Kübeln über ihn aus.

Unheilvoll schwebte Sander Silhouette über ihn und er sah den Faustschlag nicht kommen. Der Hieb streckte ihn flach. Leise stöhnte Welden. Er schluckte das brackige Abflußwasser und spuckte es aus. Dicht vor seinen Augen lag der 38er Colt. Dreißig oder vierzig Zentimeter entfernt. Riesengroß, greifbar nahe und doch unerreichbar weit.

Gefühllos sagte Sander: „Vielleicht schaffst du es, Mr. Detektiv, wenn nicht, plagen dich keine Sorgen mehr."

Ergeben hockte sich Welden auf seine Absätze und zeigte die offenen Handflächen.

„Du bist sehr vernünftig", sagte Rock Sander und nagelte den Revolverkolben auf Welden hernieder.

Der glaubte sein Schädel explodierte. Der Schmerz fackelte wie ein Blitz durch das Gehirn und vor den Augen sprühten tausend bunte Sterne. Und dann wurde alles rabenschwarz um ihn.

***

Rasendes Kopfweh und schauderhafte Kälte holten Welden wieder in die raue Wirklichkeit. Pechschwarze Finsternis hüllte ihn ein und er benötigte einige Zeit um sich zu erinnern.

Er lag auf einem kalten Steinboden. Und er besaß nicht den geringsten Schimmer, wo er sich eigentlich befand. Die feuchte Kühle des Raumes durchsickerte die nasse Kleidung und er fühlte sich, als kämpfte er nackt im Schneesturm. Er bewegte die klammen Finger und stellte fest, er war nicht gefesselt. Bedachtsam tastete er den Körper ab, an dem kein Muskel und keine Rippe heil schienen. Im Gesicht die Lippen geschwollen, eine Platzwunde an der Schläfe, der Hinterkopf blutig aufgeschlagen. Wahrlich, er hatte schon bessere Tage gehabt.

Allmählich gewöhnten sich die Augen an die Dunkelheit. Sein Gefängnis entpuppte sich als ein muffliges Kellerloch von annähernd zwanzig Quadratmetern. Eingeweichte Zeitungen und leere Kartoffelsäcke bedeckten teilweise die Bodenfliesen. Kleingehacktes Brennholz war in einem Eck zu einem Haufen hochgetürmt. Daneben ein umgekippter Leiterwagen, an dem ein Rad fehlte.

Vorsichtig bewegte sich Welden. Ein stechender Schmerz zuckte durch Brustkorb und Magengrube. Er blieb einige Minuten liegen. Schließlich krabbelte er auf allen Vieren über den Boden und sammelte die staubigen Leinensäcke ein und wickelte sie um den frierenden Leib. Erschöpft plumpste er auf ein Zeitungspaket und wartete auf das Abklingen der Schmerzen und der Kälte.

Schlürfende Schritte vor dem Kellereingang schreckten Welden aus der Lethargie. Er stolperte zu dem aufgeschichteten Holzstapel, fischte nach dem dicksten Scheit und lehnte sich schweratmend neben der Eisentür.

Ein Schlüssel drehte sich knarrend im alten Schloss. Die verrosteten Scharniere quietschten, als der schwere Verschlag geöffnet wurde und ein heller Lichtkegel strömte in den grauen Abstellraum.

Beidhändig schwang Welden den Holzknüppel über den Kopf und ihm war klar, der erste Schlag musste den Eindringlich unschädlich machen. Für einen nochmaligen Schlag fehlte ihm die Kraft.

Eine massige Gestalt setzte den Fuß über die Türschwelle. In einer Hand einen großkalibrigen Revolver, in der anderen eine Taschenlampe, deren Lichtstrahl den Fußboden ausleuchtete. „He, Welden, du kleine Ratte", grunzte der Mann und der Lampenschein suchte den Raum ab. „Junge, wo bist du?"

„Hier bin ich, du Arschloch!", sagte Welden und wuchtet mit letzter Energie den Holzknüppel über Schädel des stämmigen Wärters. Der verrollte die Augen und stürzte wie ein gefällter Baum. Die Taschenlampe kugelte über den Betonboden und der Revolver polterte hinterher.

Entkräftet stützte Welden sich an der groben Mauer ab. Ihm war schwindlig und am liebsten hätte er sich niedergelegt. Dennoch bückte er sich nach der noch brennenden Handlampe und den Colt.

Flüchtig musterte er das unrasierte Gesicht des Ohnmächtigen. Er kannte ihn nicht. Abrupt wandte er sich ab und schwankte aus dem Kellergewölbe. Die Lampe leuchtete ihm den Weg nach oben. Am Treppenende betrat er einen schmalen, belichteten Korridor. Von hier führten drei Zugänge zu irgendwelchen Räumen. An der weißgetünchten Wand hing ein Gardarobenspiegel, anbei ein Kleiderständer mit drei feuchten Ledermänteln.

Aus einem der Zimmer ertönte eine erregte Stimme: „Verflucht, wo bleibt Joe? Er soll doch nur nach dem Schnüffler schauen und mir Bescheid geben."

Beruhigend antwortete ein anderer Mann: „Du bist nervös, Rock! Bleibe cool, Mann. Joe macht das schon!"

„Cherman legt mich um, wenn das schiefläuft. Er ist auf dem Weg hierher, um sich Welden vorzuknöpfen. Los, Harry, sieh nach was dieser Idiot Joe treibt. Beweg deinen fetten Arsch, aber ein bisschen hurtig."

„Okay, okay! Rege dich ab, Rock! Ich gehe ja schon!" maulte Harry. Geräuschvoll wurde ein Stuhl zurückgeschoben und plumpe Schritte näherten sich dem Zimmerausgang.

Gehetzt suchte Welden nach einem Fluchtweg. Wohin?

Noch bevor er sich entscheiden konnte, ging die Tür auf und ein Fleischberg von Mann im viel zu engen Flanellanzug, latschte in die Diele. Unglaubig glotzte er Welden an.

„Vorsicht, Rock", warnte er seinen Kumpanen. „Dieser Hurensohn hat sich irgendwie befreit! Scheiße, er hat eine Kanone!" Wieselflink, trotz der Fettleibigkeit, griff er nach der Waffe im Schulterholster.

Geistesgegenwärtig blendete ihn Welden mit dem Lichtstrahl der Taschenlampe und feuerte den Revolver ab. Die Kugeln trafen den Fleischkoloss in die Brust und trieben ihn ein paar Schritte in den Wohnbereich zurück. Harry schaukelte wie betrunken, die Kniekehlen knickten ein.

Hinter dem tödlich Getroffenen erschien Rock Sander. Die Beine

gespreizt, die Maschinenpistole im Anschlag, ein siegessicheres Lächeln um die Lippen.
Reflexartig hechtete Welden auf die Bretter.
Die Bleigeschosse schwirrten wie Hornisse über ihn hinweg, schlugen in den Garderobenspiegel ein und die Scherben überschütteten ihn.
Auf dem Rücken liegend schoss Welden zurück. Aber er verfehlte den Killer. Er kullerte seitlich weg und dort wo er eben noch gelegen war, zerfetzte eine Feuergarbe das Holzparkett.
Achtlos stieg Sander über den toten Harry, immer die Maschinenpistole auf den liegenden Welden haltend. Unter dem Türgebälk blieb er stehen und grinste infam: „Adios, Amigo!"
Beide drückten den Abzug. Welden vielleicht einen Wimpernschlag früher.
Haarscharf neben seinen Kopf fauchten die Kugeln in die Mauer.
Welden zielte besser. Das Blei spaltete Sanders Gesicht und tötete ihn augenblicklich. Das teuflische Grinsen gefror. Doch selbst im Tod ließ Sander die Waffe nicht los. Im Rückwärtsfallen leerte er das Magazin gegen die Flurdecke. Die stoffbespannte Hängelampe zerplatzte und Glassplitter und Mörtelbrocken regneten herab. Der Flur verdunkelte sich und wurde nur vom schwachen Licht aus dem Wohnzimmer unzureichend beleuchtet.
Sander brach über seinen toten Partner zusammen und rührte sich nicht mehr.
Auch Welden blieb regungslos liegen.
„Bravo, Mr. Welden", applaudierte eine kühle, weibliche Stimme aus dem Hintergrund.
Überrascht verrenkte er den Hals.
Im fahlen Licht erblickte er das Schattenbild einer schlanken Frau am Ende des langen Flurs. Sie lehnte am Türstock des letzten Raumes. Wahrscheinlich das Schlafzimmer, vermutete Welden.

Die Frau hielt eine kleine Pistole auf ihn. „Werfen Sie Ihre Kanone weg", befahl sie freundlich.

Wortlos trennte sich Welden von der Waffe.

„Gut, wenn Sie wieder bei Kräften sind, stehen Sie auf und kommen zu mir."

Er rappelte sich hoch und folgte der Unbekannten in das Schlafgemach.

Die eingeschaltete Nachttischlampe spendete ausreichend Licht.

Welden drückte die Tür mit dem Rücken zu, verharrte dort abwartend, beobachtete die Frau, die sich auf die Bettkante setzte und die schlanken Beine übereinander schlug. Sie war eine außergewöhnlich schöne, verführerische Frau. Korallenrotes, transparentes Nachtkleid, das mehr offenbarte als verbarg. Tintenschwarzes Haar, schulterlange, großwellige Locken. Feingeschnittenes Gesicht, ungeschminkt, grüne Katzenaugen, Lippen wie Samt und Seide. Atemberaubende Erotik ausstrahlend. Trotzdem blieb Welden kalt wie ein Eisblock.

„Wer sind Sie?" fragte er. „Eine Nutte?"

Sie war nicht beleidigt. „Ich heiße Anett McCormick", sagte sie und winkte ihn mit dem Pistolenlauf zu sich heran. Durch das durchsichtige Seidennachthemd schimmerten die dunklen Brustwarzen. „Man nennt mich auch die Lady".

„Wunderbar", spottete er. „Eine offenherzige Pistolenlady!" Er nahm am unteren Bettrand Platz. „Was haben Sie vor? Wollen Sie mich erschießen oder verführen?"

Eine ungezähmte Haarsträhne rutschte ihr über die linke Augenbraue. Die Hand mit der Waffe ruhte im weichen Schoß. „Weder noch", antwortete sie. „Ich möchte Ihnen ein Geschäft unterbreiten. Ein Geschäft auf Gegenseitigkeit."

Die Kälte in Welden verbreitete sich. „Ein Cherman Larr wollte auch einen Handel mit mir machen", sagte er rau. „Sie kennen doch Larr? Gehören Sie zu ihm?"

„Nein, ich gehöre zu niemand. Larr kenne ich. Gelegentlich arbeiten wir zusammen. Ich fand es gut, dass Sie ihm das Nasenbein zertrümmerten. Aber er ist nachtragend. Er will Sie töten."

„Und Sie? Was wollen Sie von mir, Lady?" Er rückte näher zu ihr.

Ihre seegrünen Augen blickten ihn an: „Sie sind ja vollkommen durchnässt und frieren. Sie erkälten sich, wenn Sie nicht die feuchten Klamotten ausziehen und sich heiß duschen."

„Mir bleibt keine Zeit dazu", wiegelte er ab. „Ein untrügliches Gefühl sagt mir, bald wird Larr erscheinen und ich verspüre nicht die geringste Lust ihm zu begegnen. Wenn Sie etwas zu sagen haben, dann sagen Sie es."

Übergangslos sagte Anett McCormick: „Ich weiß, wer die Bombe an Ihrem Wagen zündete und Ihre Frau tötete."

Er war wie gelähmt. Sein blutverschmiertes Gesicht verblaßte noch weiter und in den Gletscheraugen entfachte sich ein fanatisches Irrlicht.

Anett McCormick achtete nicht darauf.

„Wer?", murmelte er tonlos.

„Zuerst die Gegenleistung. Sie müssen mir Larr vom Leibe schaffen..."

Erschrocken starrte sie in Weldens flammende Pupillen. Tödlicher Hass strömte ihr entgegen. Sie kam nicht mehr dazu die Pistole zu benützen.

Welden schlug ihre Hand zur Seite und die Waffe segelte über das Bett.

„Wer?", wiederholte er grausam und ohrfeigte sie klatschend. Ihre roten Lippen sprangen auf und Blut sickerte hervor. „Rede, Lady!" Er krallte ihr üppiges Nackenhaar und zerrte brutal den Kopf nach hinten. „Rede oder ich breche dir das Genick!"

Nackte Angst quoll aus ihren Augen. Das wunderschöne Gesicht wurde abstoßend hässlich. Die wahnsinnige Feindseligkeit, die mit

Brachialgewalt aus Welden herausstach, schockierte McCormick bis ins Mark und ließ das Blut in ihren Adern gefrieren. Sein wilder Atem besprühte ihre Wange. Unversehens umschlossen seine Hände ihren Hals und pressten gnadenlos zu.

„Wer hat die Bombe hinterlegt?", zischte er und verstärkte den Druck seiner Finger.

Anettes Halsadern schwollen an, der Pulsschlag hämmerte wie verrückt und der Mund rang gierig nach Luft. Aber es gab keine. Verzweifelt ruderte sie mit den Armen, windete den Körper hin und her. Doch der Druck um die Kehle lockerte sich nicht. Todesfurcht kam hoch. Anett McCormick wollte schreien, doch lediglich ein heiseres Krächzen drang über ihre Lippen. Die Augen traten aus den Höhlen, die Lunge blähte sich auf und drohte zu bersten.

Unerwartet stürmte ein Mann in den Raum. Es war der Mann, den Welden im Kellerverlies einen Holzknüppel über den Scheitel zog.

Mit langen Schritten eilte der Wüterich an Welden heran und trieb ihm die Faust mit dem eisernen Schlagring in die Nieren. Welden reagierte nicht. Unerbittlich drosselte er den Hals der Frau.

Der Angreifer rammte ihm den Schlagring ein zweites Mal in die gleiche Körperstelle und jetzt stöhnte Welden leicht. Aber seine Hände lösten sich nicht.

Der dritte Hieb traf ihn mit solcher Wucht, dass er von dem Opfer weggerissen wurde und gegen die kahle Wand prallte.

Hektisch nach Luft lechzend wälzte sich Anett McCormick auf dem zerwühlten Bettlaken.

„Ich mache dich endgültig fertig, Scheißkerl", tobte der Stiernackige und jagte Welden die Faust in den Unterleib. „Danach erkennt dich nicht einmal deine Mutter wieder."

Schmerzerfüllt schrie Welden auf und krachte auf den Teppichboden. Und dann bekam er irgendwie den Derringer zu fassen, den er der Frau aus der Hand geschlagen hatte. Er warf sich herum, die Waffe zuckte hoch und blind vor Schmerz und Zorn schoss er auf den über ihn stehenden Gangster.

Der konnte nicht mehr ausweichen. Begriffsstutzig sah er das Blut aus seiner durchlöcherten Brust spritzen. Die Kugeln nagelten ihn an der Mauer fest. Noch bevor der schwere Körper niedersank, war er bereits tot.

Ungelenk erhob sich Welden.

Am Kopfende des Bettes kauerte die wachsbleiche, vor Todesangst schlotternde Anett McCormick und glotzte Welden an.

Mit unmenschlicher Ruhe richtete Welden die rauchende Pistole auf ihren Kopf. Der Zeigefinger berührte den Abzug.

Wie hypnotisiert stierte Anett Cormick in das schwarze Mündungsloch. Sie wagte nicht mehr zu atmen und wartete auf den unausweichlichen Tod. Automatisch senkte sie den Blick.

Nur die hassblitzenden Augen lebten in Weldens maskenhaftem Antlitz. Dann jedoch, nach einer Ewigkeit, die nur wenige Sekunden dauerte, verglimmte das gespenstische Leuchten und das Gesicht entkrampfte sich. Er senkte den Waffenlauf.

Voller banger Hoffnung öffnete Anett die Lider, wagte wieder zu atmen. Farbe tönte ihr kreidebleiches Gesicht und die Lippen röteten sich. „Oh, mein Gott", stammelte sie. Und noch einmal: „Oh, mein Gott!" Sie verbarg das Angesicht hinter den Händen und weinte hemmungslos. Ihr ganzer Leib zitterte wie Espenlaub.

Matt sagte Welden: „Ich wollte dich töten. Ich wollte es tun. Ich hatte den Finger schon am Drücker. Du warst eigentlich bereits tot, Lady. Der Himmel weiß, warum ich es nicht konnte." Resignierend warf er die Pistole fort. „Schöne Lady, ich habe keine Ahnung welche Rolle du in diesem Part spielst", sagte er mit härterer Stimme. „Und ich weiß auch nicht, wie weit du darin verwickelt bist. Ich rate dir aussteigen, solange du noch kannst. Du wirst keine zweite Chance erhalten."

Erstaunlich schnell hatte Anett McCormick ihre Schwäche überwunden. Offenbar war sie eine zähe, widerstandsfähige Frau. Herb erwiderte sie: „Dazu ist es zu spät. Mische dich nicht in mein Leben, Mr. Welden. Du hast genügend eigene Probleme am Hals."
Müde nickte Welden. Die Schmerzen wurden unerträglich. Er fror und konnte sich nur noch mit Mühe auf den Beinen halten. „Ich muss weg, bevor Larr kommt."
„Vor dem Haus parkt ein schwarzer Buick. Er gehörte Sander, aber ich glaube, er benötigt ihn nicht mehr."
Er war schon im Gehen, als ihn ihre dunkle Stimme einholte: „He, Mr. Welden. Ich weiß nicht, wer deine Frau killte. Ich wollte dich hereinlegen und dich um etliche Dollars erleichtern. Ich hätte dir einen falschen Namen genannt. Mein Bluff ging schief."
„Dein Bluff endete um ein Haar tödlich für dich."
Bevor er endgültig den Raum verlassen hatte, rief sie ihm hinterher: „Cherman Larr wohnt zur Zeit im Hotel Exidor in der Maspeth Avenue. Pass auf dich auf, Mr. Welden."
Er war zu erschöpft um zu antworten.
Hinterher konnte er nicht mehr sagen, wie es ihm gelang aus dem Gebäude zu taumeln, in den schwarzen Buick zu steigen, den Motor zu Starten und loszufahren. Die Umgebung verschwamm vor seinen Augen. Er erkannte nur noch graue Schatten, die sich auf ihn zu bewegten und dann sah er überhaupt nichts mehr.
Welden fiel in ein abgrundtiefes Loch.

***

Als er aufwachte schien die Novembersonne durch das Fenster und geblendet blinzelte er in die warmen Strahlen. Er wusste nicht gleich wo er sich befand. Verdutzt stellte er fest, er lag in einem sauberen Bett. Der Raum war nicht besonders groß. Ein Spiegel, ein Waschbecken, ein Tisch und zwei Stühle, ein schmaler Kleiderschrank und weiß gestrichene Wände. Eine kalte, sterile Atmosphäre.

„Wie ein Krankenzimmer", dachte Welden. Die Hände waren frisch eingebunden, um den Brustkorb ein straffer Verband gewickelt.

Eine vollschlanke Frau in hellblauer Schwesterntracht schneite in den Raum. In den Händen ein Tablett mit einer Tasse heißer Hühnerbrühe. Freundlich sagte sie: „Sieh mal an, der Patient hat ausgeschlafen. Langsam wird es auch Zeit. Drei Tage Schlaf müssten doch ausreichen."

Sie half ihm den Oberkörper aufzurichten und schüttelte ihm das zerdrückte Kopfkissen auf.

„Drei Tage?", fragte er verwundert. „Wollen Sie behaupten, ich liege hier schon drei Tage? Sie scherzen wohl, Schwester?"

Ihr Lächeln blieb liebenswürdig: „Das ist kein Scherz, Mr. Welden. Heute ist der dritte Tag, an dem Sie unsere Gastlichkeit in Anspruch nehmen dürfen. Sie wurden in einen üblen Zustand eingeliefert. Überall blaue Flecken, gestauchte Rippen, eine Platzwunde am Hinterkopf, das Gesicht blutüberströmt, aufgeschürfte Brandnarben. Die Kleidung zerfetzt, dreckig und patschnaß. Doch der Doktor flickte Sie wunderbar zusammen."

Welden plumpste in das Kissen. „Wie komme ich hierher? Was ist passiert?"

Bereitwillig erzählte sie: „Das war eine tolle Geschichte. Sie sind wohl am Steuer Ihres Wagens zusammengebrochen und krachten gegen eine Verkehrsampel und Sie mit dem Schädel gegen die Windschutzscheibe."

Er betastete die dicke Mullbinde an der Stirn.

„Haben Sie Hunger, Mr. Welden?" Sie erwartete keine Antwort von ihm, setzte sich mit der Tasse Suppe zu ihm. Wie selbstverständlich wollte sie ihm die Brühe einlöffeln.

Unwillig murmelte er: „Schwester, Sie müssen mich nicht füttern. Ich

bin alt genug um alleine zu essen."
„Keine Widerrede, Mr. Welden. Mund auf und schlucken. Vorsicht, es ist heiß!"
Am ersten Schluck verbrühte er sich beinahe die Zunge. Dennoch schlürfte er die gesamte Suppe aus. Hernach fühlte er sich entschieden besser.
Aufmunternd lächelte die Krankenpflegerin: „Ich bin Schwester Laura und ich werde Sie schon wieder hochpäppeln. Keine Sorge, Mr. Welden."
Sie nahm das Tablett, die leere Tasse und ließ ihn allein.
Die Mahlzeit ermattete ihn und er döste wieder ein.
Ein energisches Klopfen an der Tür weckte ihn. Er konnte nicht lange geschlafen haben, denn im Zimmer war es weiterhin taghell.
Lieutnant James Hoogan besuchte ihn unangemeldet. Er lüftete den Hut und begrüßte den Patienten. „Guten Tag, Mr. Welden. Wie geht es Ihnen?"
Ironisch sagte Welden: „Wenn ich sage, mir geht es gut, dann ist das wohl übertrieben. Aber es könnte schlimmer sein."
Hoogan angelte sich einen Stuhl.
Und Welden demonstrierte Gleichgültigkeit.
„Sagt Ihnen der Name Rock Sander etwas?", fragte Hoogan.
„Nein!" erwiderte Welden wachsam.
„Joe Miller und Harry Wulf sind Ihnen auch unbekannt?"
„Richtig!"
„Der Wagen, den Sie in der Flatbush Avenue an eine Ampelsäule lenkten, gehörte einer Autoverleihfirma. Und wer glauben Sie, hat ihn gemietet?"
„Keinen Schimmer! John Wayne vielleicht?"
Hoogan verzog keine Miene. „Nein, es war nicht John Wayne", sagte er. „Das Auto mietete Rock Sander. Und ich frage mich, wie geraten Sie an dieses Gefährt?"

„Tut mir leid, Lieutnant. Daran erinnere ich mich nicht. Ich weiß nicht einmal, dass ich damit einen Unfall baute."
„Natürlich wissen Sie das. Sie verschweigen es nur. Okay, die Geschichte ist noch nicht zu Ende. Unweit des Unfallortes, unten am Marine Park, gibt es ein baufälliges Einfamilienhaus..."
Scharf beäugte Hoogan den Bettlägerigen. Doch der zeigte keinerlei Interesse. „...und in diesem Haus entdeckten wir drei erschossene Leichen."
„Wie entsetzlich!"
„Drei tote Männer. Rock Sander, Joe Miller und Harry Wulf. Polizeibekannte Profikiller, die hauptsächlich für die Drogenmafia arbeiteten. Eine anonyme Anruferin informierte uns. Im Gebäudeinnern hatte ein gnadenloser Kampf gewütet. Wir finden ein Arsenal von Waffen. Eine Maschinenpistole, einen 45 Colt, einen Derringer, eine 38 Smith&Wesson." Neugierig schaute Hoogan auf Welden: „Besitzen Sie nicht auch eine Smith & Wesson?"
„Ich besaß eine", korrigierte dieser. „Ich verlor sie oder sie wurde mir geklaut."
Mit sichtbarer Mühe unterdrückte Hoogan den aufsteigenden Ärger. „Passen Sie auf, Sie Klugscheißer", knirschte er. „Mit diesem Revolver und laut überprüfter Seriennummer ist es der Ihre, wurde in den frühen Morgenstunden des 18. Novembers eine gewisse Isabell Rigth hingerichtet. Finaler Genickschuss. Wir entdecken die Tote im dreckigen Hinterhof der Crazy Girl Bar, ein Stripteaseschuppen in der Duffieldstreet. Isabell arbeitete dort als Animiermädchen und Gelegenheitshure. Und jetzt kommt es knüppeldick für Sie, Mr. Welden. Haben Sie Isabell Rigth getötet? Wo waren Sie in der fraglichen Zeit?"
Gallenbitter dachte Welden: ‚Armes Ding, dieser Scheißkerl von Sander hat dich also doch erwischt. Nachdem er mich niederschlug, lockte er dich vermutlich unter einen Vorwand aus der Bar und tötete

dich mit meiner Waffe.'
„Sind Sie taub, Mr. Welden? Ich habe Ihnen zwei Fragen gestellt!"
Welden überlegte, wieviel er von der Wahrheit preisgeben konnte. Zurückhaltend sagte er: „Vor drei Tagen ging ich gegen 23 Uhr in das Crazy Girl. Ich versuchte etwas über die verschollene Doreen Factha zu erfahren. Ich bezahlte Isabell ein paar Getränke an der Bar, aber sie war nicht gerade gesprächig. Zum Schluss gab ich ihr die Telefonnummer meiner Detektei. Um Mitternacht verabschiedete ich mich. Ich wollte mit dem Porsche wegfahren, doch ich schlief am Steuer ein."
„Das deckt sich bis hierher genau mit unseren Ermittlungen", sagte Hoogan. „Und was geschah weiter?"
„Sie werden es mir nicht glauben..."
„Erzählen Sie trotzdem!"
„Na schön, ein Unbekannter bedrohte mich und schlug mich nieder. Der Mann nahm mir den 38er ab und er killte damit wahrscheinlich Isabell. Wie meine Waffe allerdings in das ominöse Haus am Marinepark gelang, dies entzieht sich meiner Kenntnis."
Hoogan glaubte ihm kein Wort. „Sie sind kein Detektiv, Sie sind ein Märchenerzähler", sagte er. „Ihre Erinnerung endet also in dem Moment, als ein Fremder Sie aus dem Auto zerrte und Sie ins Land der Träume schickte, bis zu Ihrem Erwachen in diesem Krankenhaus?"
„Das ist korrekt, Lieutnant!"
„Ein Blackout von nahezu 60 Stunden?" Zornig zündete sich Hoogan eine Zigarette ein. „Das kann nicht wahr sein. Halten Sie mich wirklich für solch einen Vollidioten, dass ich Ihnen das abnehme? Ich warne Sie, Welden, treiben Sie Ihr Spiel nicht an die Spitze. Wen Sie einen privaten Rachefeldzug starten wollen, werde ich Sie aus dem Verkehr ziehen. Ich bin mir sicher, daß Sie die drei Männer am Marinepark eliminierten und ich werde es auch beweisen."
„Das glaube ich Ihnen gerne", konterte Welden. „Lieutnant, Sie sind

auf einmal überaus fleißig in Ihren Nachforschungen. In den vergangenen drei Tagen arbeiten Sie intensiver, als in den Monaten meines Klinikaufenthaltes. Aber was muss ich feststellen? Sie ermitteln gegen mich. Gegen mich und der tatsächliche Mörder lacht sich ins Fäustchen. Verirren Sie sich nicht auf der falschen Fährte!"
„Sie tragen ja nicht viel dazu bei, damit ich die richtige Fährte finde. Mr. Welden. Trotzdem wünsche ich ihnen alles Gute." Hoogan rückte den Stuhl zurück. „Ich hoffe, Sie schmieden keine Urlaubspläne. Bleiben Sie in der Stadt."
„Sie sind eine Frohnatur, Lieutnant", lachte Welden. „Wohin sollte ich in meinem Zustand verreisen?"
Am Zimmerausgang drehte sich Hoogan nochmals um: „Übrigens, vor Ihrem Schlafgemach sind zwei Polizisten postiert. Sie passen auf, damit Ihre Nachtruhe nicht unterbrochen wird. Einen schönen Tag noch."
Abgespannt sank Welden ins Kopfkissen.

***

Das Mädchen lief barfüßig durch den gelben, knöcheltiefen Sand auf ihn zu. Herrlich jung und unbeschwert, im lilienweißen Strandkleid, das goldene Haar vom Meerwind zerzaust. Die himmelblauen Augen strahlten ihn an, die kirschroten Lippen freudig erregt geöffnet. Er empfing sie mit ausgebreiteten Armen und sie war nur noch einen Schritt von ihm entfernt. „Ich liebe dich", sagte der kusswillige Mund.
Da geschah das Unfassbare. Im gleichen Augenblick, als er das Mädchen umarmen und küssen wollte, verwandelte es sich in eine brennende Fackel. Rote Stichflammen züngelten aus ihren Schlund, loderten aus den geweiteten Augen. Die blonden Haare, das dünne Kleid, der ganze Körper fing Feuer und stand in Sekundenschnelle inmitten einer gleißenden, meterhohen Flammensäule. Vom Gesicht pellte sich

die Haut und Augen und Mund wurden zu schwarzen Löchern...

***

„Oh, Himmel, Grazia!", schrie Welden in die grausame Dunkelheit hinein. Schweißgebadet und bis ins Innerste der Seele getroffen. Er hockte aufrecht auf der durchgeschwitzten Bettwäsche, fühlte die Tränen in den Augen und spürte die totale Einsamkeit. „Mein Gott, Grazia, warum hast du mich verlassen? Was soll ich in dieser Welt ohne dich?"

Vergeblich versuchte er den schrecklichen Alptraum zu verdrängen. Hellwach starrte er in die konturlose Finsternis. Im Kopf spulte immer nur der gleiche Film ab. Klar und beklemmend, unauslöschbar in der Psyche eintätowiert.

Immer und immer wieder sah er Grazias verkohlten Leichnam im ausgebrannten Chevrolet und sein aussichtsloses Unterfangen, sie der Hölle zu entreißen.

Wie verrückt pulsierte das Blut in den Adern und er suchte im Dunkeln den Lichtschalter. Die Neonleuchte flammte auf und er langte mit bebenden Fingern nach dem halbvollen Wasserglas auf dem Tisch. Er verschüttete mehr, als er trank. Die Nerven beruhigten sich kaum und der Hass brodelte erneut auf.

Er musste Grazias Mörder finden. Wie konnte er je an ihrem Grab erscheinen, wenn ihr Killer unbehelligt in New York herumläuft. Wie sollte er sich rechtfertigen? Sorry Grazia, ich habe versagt. Ich, Privatdetektiv Steven Boy Welden, bin nicht fähig deinen Mörder hinter Gittern zu bringen.

Grimmig ballte er die Fäuste. Wieso vertrödelte er die wichtige Zeit in einem öden Krankenzimmer. Hier wird er keinen Verbrecher schnappen. Er musste hier raus und das sofort. Er schwang die Beine von der Liegestatt und ging mit unsicheren Schritten zum Spind. Darin hängten an einem Bügel frische Kleider. Welden fragte sich nicht einmal, wer seine Klamotten ausgetauscht hatte. Umständlich kleidete er sich an, knipste das Licht aus, öffnete geräuschlos die Tür und lugte hinaus.

Im langen, erleuchteten Korridor hockte dicht an der Wand ein Mann in Uniform auf einem unbequemen Holzstuhl. Direkt neben dem Zimmereingang. Das Kinn des Polizisten war auf die Brust gefallen. Der Bewacher schlief fest.

Vorsichtig, jedes Geräusch vermeidend, zwängte sich Welden durch den Türspalt. Strumpfsockig und auf Zehenspitzen, in der linken Hand die Stiefeln, schlich er wie eine lautlose Katze an dem schnarchenden Cop vorbei. Am Gangende führte eine breite Treppe nach unten in die große Empfangshalle.

Hastig blickte Welden über die Schulter. Der Wachposten hatte die Schlafposition keinen Millimeter geändert.

Während Welden in die Stiefel schlüpfte, fiel ihm ein, dass Hoogan von zwei Wächtern gesprochen hatte. Wo war der andere Mann? In der großflächigen Halle erblickte Welden keine Menschenseele. Auch hinter der Rezeption, an der normalerweise eine Nachtschwester für ankommende Notfälle den Dienst tun sollte, war niemand zu sehen.

Er huschte die Treppe hinab, an dem Aufnahmepult vorbei zum gläsernen Portal.

Sollte das so einfach gewesen sein? dachte er zweifelnd. Er wartete auf Rufe, auf trampelnde Fußtritte, auf krachende Schüsse. Aber nichts dergleichen erfolgte. Friedliche Ruhe um ihn herum.

Welden trat ins nächtliche Freie.

In der Krankenwagenanfahrtszone parkte eine Polizeilimousine. Verdächtig schaukelte die Karosserie auf und nieder.

Geduckt näherte sich Welden den Wagen und spähte durch die beschlagene Seitenscheibe. Er traute seinen Augen kaum. Auf der

Rückbank zwei aneinander gepresste Leiber in hitziger Umarmung. Ein Mann mit runtergerutschten Hosen und einer halbnackten Frau mit kolossalen Brüsten und hoch geschobenen Kleid auf seinem Schoß. Auf ihrer zerdrückten Haartracht thronte eine schräge Haube. Der vermisste Polizist und die Nachtschwester im schweißtreibenden Nahkampf.

Verhalten machte sich Welden davon.

Er hatte Glück. Vor der Klinikgeländemauer stand einsam und verlassen ein Taxi mit eingeschaltetem Standlicht. Der Fahrer war über dem Lenkrad eingeschlummert.

Unsanft weckte Welden den Eingeschlafenen: „He, Kumpel, aufwachen, Kundschaft!"

Der Taxifahrer kutschierte Welden zu dessen Wohnung in der Perry Street.

Ein eigenartiges Gefühl beschlich Welden, während er auf das mausgraue dreistöckige Gebäude zuging. Es war frühmorgens, sechs Uhr und der neue Tag kündigte sich an.

Er fühlte sich wie ein fremder Eindringling, als wäre er auf Besuch an einem unbekannten Ort. Seit dem schrecklichen Ereignis war er nicht mehr hier gewesen. Der Parkplatz, auf dem der Chevrolet explodierte, war geräumt. Nur ein schwarzer, eingebrannter Fleck auf dem geflickten Teerboden.

Er sperrte den Hauseingang auf und die Beklemmung steigerte sich. Wie in Trance wanderte er über das Erdgeschoß zu der Wohnung. Merkwürdige Stille im ganzen Haus.

Wie angewurzelt wartete er dann vor dem Eingang. Er fürchtete sich davor, seine Wohnung zu betreten und war nahe dran umzudrehen und davonzulaufen. Er gab sich einen innerlichen Ruck und öffnete, ging von der Diele in den Wohnraum.

Unerwarteter Weise war der Raum neu eingerichtet. Die Teppiche, die wuchtigen Ledersessel und die Couch, alles neu. Die Fensterscheibe fabrikneu eingesetzt, die Gardinen aufgehängt. Nichts deutete darauf hin, dass hier das komplette Chaos vorherrschte, dass eine Detonation die Möblierung völlig zerstörte.

Welden besichtigte das Schlafgemach. „Oh, Jesus!", stöhnte er.

Das breite Doppelbett machte den Eindruck, als wäre es soeben verlassen worden. Die zurückgeworfene Zudecke, das verkrumpelte Bettlaken, das eingedrückte Kopfkissen. Hier hatte er Grazia zum letzten Male geliebt. Wie lange lag das zurück? Vier Tage, Monate oder Jahre?

Tiefe Depression überfiel ihn. Er glaubte Grazia im Bett räkeln zu sehen. Nackt, hinreißend schön, voller Verlangen und Hingabe. Der erregende Geruch ihrer Weiblichkeit füllte den ganzen Raum aus.

Grazia lebte. Sie war nicht fortgegangen. Einen Herzschlag lang dauerte der Traum. „Verdammt, verdammt!", fluchte er ernüchtert und ihm wurde klar, er klammerte sich an eine Illusion.

Grazia würde nie mehr zurückkommen. Es war endgültig vorbei. Sie war unwiederbringlich tot.

Panikartig flüchtete Welden ins Wohnzimmer zu dem Schrankregal mit dem Getränkefach, entkorkte die Whiskyflasche und trank bis der Alkohol seine Sinne vernebelte und sich der jagende Puls normalisierte.

Mit der Flasche vergrub er sich in dem Diwan und trank weiter. Er versuchte Grazia aus dem Gehirn zu scheuchen. Er musste sie vergessen.

Irgendwann rollte die leere Whiskyflasche über den Teppich und Welden fläzte mit ausgebreiteten Gliedern besinnungslos auf der Couch.

***

Jeck Born hatte von Lieutnant Hoogan erfahren, dass Welden ins Krankenhaus eingeliefert wurde. Aber es bestand keine Lebensgefahr. Born besuchte den Freund nicht, sorgte jedoch für eine Ersatzkleidung.

Er arbeitete die meiste Zeit in der gemeinsamen Detektei. Er wollte erreichbar sein, wenn Welden ihn brauchte.

Am Abend des 20. Novembers läutete das Telefon. Wider Erwarten war es nicht Welden, sondern völlig überraschend eine aufgeregte Rachel Tyler. Sie flehte ihn um Hilfe an, stammelte etwas über Jane Clairlands Mörder, der ihr angeblich auf den Fersen klebte. Sie fürchtete um ihr Leben, sie wisse auch einen Namen, aber am Telefon könnte sie ihn nicht verraten. Deswegen sollte sich Jeck Born dringend auf den Weg zu ihrem Penthouse am Springfield Boulevard in Queens machen.

Umgehend nach dem Anruf lenkte er seinen Porsche nach Queens. Die Polizei hatte ihn darüber unterrichtet, dass der Wagen vor der Crazy Girl Bar parkte. Dort hatte ihn Welden gezwungener Maßen zurückgelassen.

Die Dachterrassenwohnung von Rachel Tyler befand sich im dreißigsten Stockwerk. Der Lift trug ihn nach oben.

Jeck Born drückte auf den Klingelknopf. Laut und deutlich schellte die Glocke im Appartement.

Niemand öffnete ihm.

Er läutete erneut. Rachel Tyler erwartete ihn doch. Warum gewährte sie ihm keinen Einlass?

Misstrauisch geworden griff er zur Pistole, mit der freien Hand drehte er den bronzenen Knauf und zu seiner Verblüffung sprang die Tür auf.

„Miss Tyler?", rief er in die dunkle Diele hinein. „Ich bin es, Jeck Born. Sind Sie da?" Weil er keine Antwort erhielt, huschte er in den Vorraum. Er tappte weiter vor in den Wohnraum und knipste das

Licht an. Klassische altenglische Einrichtung. Aber unbewohnt. „Miss Tyler?", rief er noch lauter.

Ein Luftzug bewegte die Schlafzimmertür. Ungleichmäßig pendelte sie auf und zu und Born konnte erkennen, dass Licht brannte. Der flauschige Teppich verschluckte das Geräusch seiner Schritte.

Beidhändig nahm er die Waffe, holte tief Luft, dann trat er kräftig gegen das Türblatt und hechtete vorwärts in den Raum hinein, rollte über die Schulter, landete auf den Knien und er suchte mit der Pistole ein Ziel. Er fand keines und steckte die Waffe ein. Der Blick blieb auf dem imposanten Wasserbett haften.

Unwillkürlich entschlüpfte ihm ein Fluch: „Scheiße!"

Weit hängte Rachel Tylers Kopf über den Bettrand und die gelösten Haare berührten den Fußboden. Die Arme ausgebreitet, der babyblaue Bademantel aufgeknotet, die Haut weiß wie Schnee. Eine Messerklinge steckte bis zum Heft in ihrem Herzen. Rachel war noch nicht lange tot. Ihr Körper fühlte sich warm an und das Blut rann dickflüssig aus der Stichwunde und tränkte das Betttuch.

Um wenige Minuten musste Born den Mörder verpasst haben. Rachel Tyler hatte um seine Hilfe gerufen. Aber er war zu spät gekommen. Der Henker handelte schneller.

Nachdenklich blickte Jeck Born sich um. Nichts deutete auf einen Kampf hin. Rachel musste den Besucher gekannt und ihn eingelassen haben. Vielleicht glaubte sie auch, Jeck Born wäre schon eingetroffen und öffnete dem Mörder die Tür.

Das Messer in der Brust der Leiche erregte Borns Aufmerksamkeit. Eine ähnliche Stoßwaffe hatte er schon einmal irgendwo gesehen. Wie Schuppen fiel es ihm von den Augen. Im Rücken von Jane Clairland steckte das gleiche Messer, und er vernahm die Stimme des Polizeiarztes: „...aber richten Sie die Konzentration auf die Tatwaffe, Hoogan. Das ist eine Klinge, wie sie im Circus von Messerwerfern verwendet wird."

Somit schien eindeutig, die beiden Frauen wurden von ein und derselben Person liquidiert. Was wiederum Born zur Schlussfolgerung zwang, dass der Täter seinerseits als Gast bei Walter Douglas geladen war. Die polizeiliche Untersuchung verlief damals im Sande. Keiner wurde offiziell verdächtigt, niemand schien ein Motiv zu haben. Und trotzdem weilte unter den Gästen ein kaltblütiger Mörder.
Methodisch begann Jeck Born die Wohnung umzukrempeln.

***

Frühmorgens, 21. Nov., Lagebesprechung im 14. Polizeidistrikt.
Anerkennend sagte Lieutnant Hoogan in seinem Büro: „Dieser Steven B. Welden ist schon ein Teufelskerl. Er ist halbtot und dennoch überlistet er die beiden Cops und flieht aus der Klinik."
„Aber nur weil ein Officer im Dienst pennte und der andere die Nachtschwester vögelte", erwiderte Phill Steel. „Sie sollten die zwei Männer nur noch den Straßenverkehr regeln lassen."
„Brendon und Mukles sind gute Männer. Sie versicherten mir, sowas kommt nie wieder vor. Wir sollten es damit belassen."
„Und was machen wir nun?"
„Keine Bange. Welden wird wieder auftauchen. Er entwischt uns nicht."
„Glauben Sie, er tötete die Barfrau Isabell Rigth?"
Entschieden schüttelte Hoogan den Kopf: „Nein, Welden ist kein Killer. Er sucht den Mörder seiner Frau. Er ist verbittert und frustriert und voller Hass, aber er ist kein kaltherziger Mörder."
„Und das Massaker am Marine Park?"
„Rock Sander, Harry Wulf und Joe Miller waren professionelle Auftragskiller und wenn Welden an ihrem Tod beteiligt war, erledigte er viel Arbeit für uns."
„Wulf und Miller gehörten nur zweiten Garnitur. Schäbige Befehls-

empfänger. Aber Sander war ein ausgefuchster Profi, dem wir nie einen Mord nachweisen konnten. Wer beauftragte ihn und wen sollte er exekutieren? War Welden sein Ziel?"

„Woher soll ich das wissen?" Hoogan drehte den Kugelschreiber zwischen den Fingern. „Welden behauptete, ein Unbekannter schlug ihn vor der Crazy Girl Bar nieder und er erwachte erst wieder im Hospital. Ein lange Ohnmacht von nahezu 60 Stunden."

„Lächerlich!", schniebte Steel.

"Sie haben recht. Nehmen wir also an, der ominöse Unbekannte war Rock Sander und er schleppte Welden in das Haus am Marine Park. Dort kam es zur tödlichen Auseinandersetzung."

„Warum diese Mühe?" fragte Steel. „Warum erschoss Sander den Detektiv nicht einfach in dessen Auto? Das wäre die simpelste Sache gewesen. Warum die Verschleppung?"

Hoogan mutmaßte: „Vielleicht lautete der Befehl für Sander, Welden nicht sofort zu töten. Und löchern Sie mich nicht mit der Frage warum - weil ich nämlich auch keine Antwort habe."

Das Telefon rasselte. Hoogan hob ab und meldete sich. „Okay, wir fahren hin." sagte abschließend und legte auf.

„Was gibt's, Chief?", erkundigte sich Steel neugierig.

„Ein Hobbyangler fischte einen Toten in einem zugeschnürten Plastiksack aus dem Hudson River, nahe dem Industriegelände Batterie Park City. Die Kollegen haben die Wasserleiche bereits identifiziert. Es ist Henry Wonda!"

„Henry Wonda?"

Der Lieutenant nickte und nahm den Mantel vom Garderobenhaken. „Sie haben richtig gehört. Henry Wonda, Nachtportier und Mordzeuge im Fall Rick de Sallab. Jetzt stecken fünf 9mm Kugeln in seinem Hinterkopf.- Gehen wir!"

Erneut klingelte das Telefon und Hoogan, der schon an der Tür stand, überlegte, ob er abnehmen sollte oder nicht. Das Läuten nervte ihn.

Schließlich langte er dann doch noch zum Hörer. „Ja, was ist denn? Was? Mann, welch ein Morgen."

Nachdem er eingehängt hatte, sagte Hoogan zu Phill Steel, der gespannt abwartete. „Das wird ein interessanter Tag. Wir haben einen weiteren Leichnam. Wer, glauben Sie, ist es?"

Unwissend zuckte Steel mit der Schulter.

„Es ist Rachel Tyler", sagte Hoogan. „Ein Schauspielerkollege fand sie heute Morgen erstochen in ihrer Penthouse auf. Die Leichenstarre war inzwischen eingetreten. Den ersten Schätzungen nach ist Rachel Tyler gestern Abend in der Zeitspanne von 20- 24 Uhr gestorben.

„Doch nicht die Rachel Tyler?", fragte Steel verdutzt.

„Richtig, dieselbe Theaterschauspielerin Rachel Tyler, die Zeugin war, als auf Walter Douglas Hausparty die Journalistin Jane Clairland erdolcht wurde. Tyler bestritt damals bei der Vernehmung auf das heftigste den Tathergang mitbekommen zu haben. Trotzdem gewährten wir ihren Polizeischutz, da sie als einzige der Gäste stark gefährdet war. Der Täter konnte ja glauben, dass Tyler ihn womöglich doch erkannt hatte und das nur für sich behielt. Sie war eine Gefahr für ihn und er würde sie für immer zum Schweigen bringen. Vor drei Tagen, nach vier Monaten Begleitschutz wurden die Beamten abgezogen. Keine unmittelbare Bedrohung für Rachel Tyler mehr. Was für ein fataler Irrtum."

Darauf schwieg Phill Steel.

„Wir trennen uns, Phill", entschied Hoogan. „Sie fahren zum Hudson River und kümmern sich um Henry Wonda. Ich fahre nach Queens in Rachel Tylers Wohnung. Queens gehört zwar nicht mehr zu unserem Distrikt, aber die dortigen Kollegen haben keinen Einwand gegen meine Ermittlungen. Letztendlich ist es doch mein Fall."

„Ein Fall, an den wir uns vielleicht die Zähne ausbeißen", dachte Steel. Doch das sprach er nicht laut aus.

***

Gegen Mittag des gleichen Tages fand sich Steven B. Welden mit einem gewaltigen Brummschädel auf der Couch in seinem Wohnzimmer wieder. Er war vollständig angekleidet. Ihm war speiübel, der Magen rebellierte und im Schädel rumorte der Restalkohol. Er fühlte sich erschlagen und wie gerädert. Die Zunge klebte im Gaumen. Die Kehle wie ausgedörrt.

Schwerfällig wackelte er ins Bad, entledigte sich der zerknitterten Kleider und stieg in die Duschwanne. Abwechselnd brauste er solange heiß und kalt, bis er wieder Leben im Körper verspürte, bis die Steifheit aus den Gliedern kroch und der Kopf frei vom Alkoholnebel wurde.

Nackt und triefend naß beäugte er sich im Spiegel. Beinahe erschrak er über sich selber. Ein fremdes, stoppelbärtiges Gesicht bleckte ihm entgegen. Hohlwangig, kleine Augen, tiefe Falten darum, aufgeplatzte Brandnarben, verbeulte Stirn.

Er griff zur Rasierklinge und raspelte umständlich den sprießenden Bart ab. Es gelang nur halbwegs und kostete ihm etliche Tropfen Blut. Jetzt sah er aus, als wäre er unter einen Rasenmäher geraten. Mit kleinen Pflastern verarztete er die Schnitt und Brandwunden, bandagierte die angestauchten Rippen und die nicht verheilten Hände. Danach marschierte er in das Schlafzimmer. Aus dem Kleiderschrank wählte er frische Wäsche. Allmählich fühlte er sich besser.

Er ging in die Küche und trank Orangensaft aus einer Plastiktüte und rauchte eine Zigarette dazu. Der Hunger meldete sich, aber der Kühlschrank war gähnend leer. Notgedrungen brannte er sich noch einen Glimmstengel an.

Etwas später entwendete er aus seinem Wandtresor eine Reservewaffe, einen 38er Ruger, an dem die Seriennummer ausgefeilt war. Er schob den Revolver hinter den Rücken in den Hosengürtel, packte

eine Handvoll Ersatzpatronen in die Sakkotasche und ein Bündel Geldscheine dazu.
Ein schneller Blick auf die Armbanduhr. 12Uhr Mittag. Es war an der Zeit zu gehen.

***

Eine blecherne Stimme rauschte durch die Telefonleitung: „Mr. Cherman Larr, Sie enttäuschen mich. Ich dachte, Sie wären ein Profi. Kann es sein, dass Sie mit der Order überfordert sind? Seit vier Tagen warte ich auf eine positive Nachricht von Ihnen, doch sie kommt nicht. Ich erfahre von einem Unglücksfall am Marinepark, wo es drei Tote gibt. Darunter Ihr Kompagnon. Aber meine Anordnung wurde nicht ausgeführt. Was ist los, Mr. Larr?"
„Das ist nicht meine Schuld", lispelte Larr mit geschwollener Lippe und eingegipster Nase. „Es war der Fehler meines Partners. Er hatte das Objekt bereits in seiner Gewalt. Aber aus irgendeinem Grund, den ich nicht kenne, gelang es dem Opfer zu fliehen."
„Und tötete dabei drei Männer...!"
„Ja, ich weiß. Daher nehme ich die Angelegenheit wieder selbst in die Hand und bringe sie zu Ende. Allerdings wird der Auftrag immer gefährlicher. Sie müssen mein Honorar aufstocken."
Die Stimme des Mannes am anderen Telefonende verschärfte sich: „Mr. Larr, wir beide haben einen Vertrag. Wir sind Geschäftspartner. Sie handelten einen Preis aus und ich akzeptierte ihn. Aber ich zahle keinen Cent mehr. Ich gebe Ihnen noch weitere 24 Stunden Zeit um die leidliche Sache aus der Welt zu schaffen."
„Die leidige Sache wird zu heiß", protestierte Larr. „Die Bullen haben das Objekt ebenso im Visier und observieren es. Ich will einen Zuschlag."
„Sie hatten Ihre Chance und versagten stümperhaft. Denken Sie da-

ran, Sie haben 24 Stunden. Dann ziehe ich meine Konsequenzen."
Der Gesprächspartner legte auf. Langsam tat Larr dasselbe. Er schaute auf die Besucherin, welche mit übereinandergeschlagenen Beinen auf dem knallroten Ledersofa lümmelte.
„Unser unbekannter Auftraggeber verliert die Geduld", sagte er.
Gelangweilt nippte Anett McCormick am Champagnerglas.
Unruhig wanderte Larr in seinem Hotelappartement auf und ab. „Verflucht, Anett, wie war diese Sauerei möglich? Welden war doch eigentlich schon tot. Rock hatte ihn und Rock war ein ausgebuffter Profi. Er wusste um die Gefährlichkeit des Schnüfflers. Was ist schiefgelaufen? Was ist passiert, Anett?"
Anett McCormick, im eleganten schwarzen Minikleid, lila Seidenbluse, tiefer Einblick gewährend, sagte kühl: „Mensch, Cherman, das haben wir vor Tagen bereits durchgekaut. Die Sache ist gegessen."
„Ich kapiere es einfach nicht!"
„Was kapierst du nicht? Rock war zu leichtsinnig. Er schickte Joe Miller allein in den Keller um Welden zu holen. Der konnte Joe überwältigen und ihm das Schießeisen entreißen. Rock unterschätzte den Detektiv einfach."
Vor der schwarzhaarigen Schönheit blieb Larr stehen und blickte auf sie herab. Starkes Misstrauen schwang in seinen Worten mit: „Dieser Bastard knallte alle drei Männer über den Haufen. Wieso ließ er dich am Leben? Du warst der einzige Augenzeuge. Warum machte er dich nicht auch kalt?"
Emotionslos löste Anett den gelben Seidenschal vom Hals. Die Würgemale auf der dünnen Haut schillerten in sämtlichen Farben. „Siehst du das? Welden hatte mich zwischen den Fingern und drückte mir die Luft ab. Ich verdanke es Miller, dass ich noch lebe. Er rettete mich in letzter Sekunde, kämpfte mit Welden und wurde von ihm erschossen. Ich habe keine Ahnung warum Welden mich verschonte. Vielleicht dachte er aber auch, ich wäre schon tot. Ich hatte einfach einen

Schutzengel."

Bissig näselte Larr: „Das scheint mir auch so. Wirklich ein unwahrscheinliches Glück."

„Wenn du was zu sagen hast, dann sage es und rede nicht um den Brei herum. Was liegt dir so unverdaulich im Magen?"

„Ich traue dir einfach nicht. Du bist mir eine Spur zu aalglatt."

„Hör zu, Cherman. Ich tue für Geld fast alles. Aber du weißt, ich habe mit Mord und Totschlag nichts am Hut. Da halte ich mich raus. Ich bin in dein Scheißspiel ohne mein Zutun hineingeschlittert. Du hast eine Begleiterin gesucht und mich angerufen. Aber du wurdest von Welden ziemlich übel zugerichtet und musstest auf meine Dienste verzichten. Dann wollte mich Sander und bestellte mich in das Haus am Marinepark, dass ihr angemietet hattet. Aber statt einer heißen Liebesnacht erlebte ich eine tödliche Auseinandersetzung."

„Du steigst wohl mit jedem ins Bett", sagte Larr verächtlich.

„Wenn der Preis stimmt", lächelte sie.

„Ich muss in zwei Tagen Welden exekutieren und benötige einen guten Plan und deine Hilfe."

Verneinend schüttelte Anett das schwarze Haar und die Katzenaugen verengten sich. „Schminke dir das ab, Cherman. Ich leiste keine Beihilfe zum Mord. Das kommt nicht in Frage. Aber es gibt eine Alternative mehr Geld abzuräumen, als du für Weldens Tod kassierst."

„Was für eine Alternative?"

„Wir lüften die Identität des geheimnisvollen Auftraggebers und er wird mehr bezahlen, als die läppischen 20 000."

Ungläubig sagte Larr: „Das kann nicht dein Ernst sein, Lady. Wie willst du das bewerkstelligen? Es gibt keine Möglichkeit an den Mann ranzukommen. Wir haben keinen Namen, keine Adresse, wir wissen rein gar nichts von ihm. Dafür weiß er alles über uns. Keine Chance, oder doch?"

Rätselhaft deutete die schöne Frau an: „Es gibt einen Weg, der zu

Mister Unbekannt heran führt. Er beging einen verhängnisvollen Fehler..."

Schweigend wartete Larr ab.

Nach einem Schluck Champagner redete McCormick weiter: „Rock erhielt die Anweisung einen gewissen Henry Wonda zu den Fischen zu werfen."

„Das ist mir bekannt. Eigentlich sollte das meine Aufgabe sein. Aber Rock sprang für mich ein. Die Sache ist erledigt. Der Mann ist tot."

„Richtig, doch bevor Rock das Opfer killte, versuchte er ihn zum Reden zu bringen. In der Todesfurcht erzählte Wonda einige brisante Einzelheiten. Mitunter den Namen unseres unbekannten Befehlsgebers."

„Warum sollte Rock dich einweihen?"

„Rock war scharf auf mich. Ich vertröstete ihn auf später, hätte aber nie mit ihm geschlafen. Rock war immer zweite Garnitur. Aber ich ließ ihm den Glauben, er dürfte mich mal besteigen."

„Du bist ein schamloses Biest! Und wie heißt nun der große Unbekannte?"

Achselzuckend sagte Anett: „Rock war ausgesprochen gesprächig und redete sehr viel, aber er war nicht dumm genug um mir den Namen zu verraten. Wahrscheinlich wollte er sein eigenes Süppchen kochen."

„Vorsicht Lady, du gleitest auf dünnem Eis", warnte Larr. „Du kennst den Mann im Hintergrund und willst es mir nicht sagen."

„Denk nach, Cherman! Wenn ich wüsste, wer der Mann ist, glaubst du ich würde dir diese Story auf die Nase binden?"

„Was hast du vor? Du wirst den Namen nicht mehr erfahren. Rock ist tot. Also vergiss es!"

„Nicht so voreilig. Leutselig teilte mir Rock mit, er habe das erpresste Geständnis aufgeschrieben und den Brief in einem Schließfach am Subway-West aufbewahrt. Als Welden abhaute, durchsuchte ich den toten Rock, fand bei ihm jedoch keinen Safeschlüssel. Ich stellte das

Wohnzimmer auf den Kopf. Nirgends ein Schlüssel."

„Ist ja merkwürdig. Wo könnte ihn Rock hinterlegt haben?"

Ironisch sagte Anett: „Schlaue Frage, vielleicht strengst du deine Gehirnzellen auch einmal an."

Erneut begann Larr umher zuschreiten. „Okay, Lady, rekonstruieren wir also die Nacht von Rock. Zwischen 12 Uhr und 1 Uhr killte er Henry Wonda und warf ihn in den Hudson River. Anschließend fuhr er zum Crazy Girl Lokal und fand den schlafenden Welden in seinem Auto. Er prügelte ihn nieder und ließ ihn von Miller und Wulf zum Marine Park bringen."

„Stimmt, gegen halb drei schleppten die beiden Welden ins Haus."

„Rock rief mich noch an und teilte mir mit, er wollte auch die Barfrau liquidieren", sagte Larr. „Sie habe eventuell gesehen haben, wie er Wonda aus der Bar holte. Um drei Uhr meldete sich Rock zum letzten Male. Er habe die Nutte mit Weldens Knarre erschossen."

„Eine dreiviertel Stunde später traf Rock im Haus ein. In dieser Zeitspanne muss er Wondas notierte Aussage im Safe eingeschlossen haben."

„Folgedessen hatte Rock den Schlüssel bei sich", resümierte Cherman. „Wenn du ihn aber nicht bei Rock gefunden hast, und auch nirgends in den Räumen, dann gibt es nur ein Fazit..."

„Und welches?" lauerte Anett McCormick.

Larr stoppte die Schritte vor ihr, griente schief, weil der Unterkiefer schmerzte, der von einem Drahtgebinde festgehalten wurde. „Rock versteckte den verdammten Safeschlüssel mit Sicherheit in seinem Wagen."

Entgeistert starrte ihn Anett an: „In seinem Wagen? Mann, Cherman, du bist ein Genie. Natürlich hast du recht. Der Schlüssel muss in Rocks Auto liegen."

Geschmeichelt sagte Larr: „Man muss nur logisch denken, dann ist alles ganz simpel."

„Jetzt haben wir nur ein Problem", sagte sie zögernd. „Wie kommen wir an das Fahrzeug ran?"

„Wieso?"

„Mit der Karre flüchtete Welden und fuhr sie zu Schrott. Und nun kommt es, das Autowrack beschlagnahmten die Bullen und derzeit steht es auf irgendeiner Kfz.-Verwahrungsstelle."

„Scheiße!", fluchte Larr.

***

Nick Collins wohnte in einer der nobelsten Stadtviertel von Manhattan Süd. Die Kanzlei lag im 41. Stockwerk des gläsernen Hochhaustraktes. Der Aufzug beförderte Steven B. Welden nach oben.

Eine platinblonde Vorzimmerdame musterte ihn prüfend von oben bis unten, als er die Rechtsanwaltskanzlei betrat.

„Kann ich Nick sprechen?", fragte Welden.

Konsterniert antwortete die kühle Blonde: „Wer sind Sie? Haben Sie einen Termin?"

„Ich brauche keinen Termin", sagte Welden kalt. „Ich bin ein guter Freund von Nick. Ist er da?" Er deutete auf die ledergepolsterte Verbindungstür. „Ist dort sein Büro? Ja? Okay, super. Ich melde mich selber an!"

„Da können Sie nicht rein!" rief sie ihm aufgeregt hinterher.

Er ignorierte den Protest und trat ein ohne Anzuklopfen.

Eng umschlungen windeten sich ein Mann und ein blutjunges Mädchen auf der breiten Couch. Bei Weldens Erscheinen fuhren die zwei halbentblößten Leiber wie von der Tarantel gestochen auseinander. Mit puterroten Kopf zerrte der Ertappte seine abgeglittene Hose hoch: „Wer zum Teufel sind Sie? Wer hat Sie hereingelassen?"

Fieberhaft knöpfte die Gespielin die Bluse zu, sprang von dem Diwan, grapschte ihren Rock und verschwand hinter irgendeiner Tür.

Der drahtige Nick Collins, gutaussehend, dunkelhaarig, stopfte das Hemd in den Hosenbund. „Wer zum Teufel sind Sie?", wiederholte er zornig.

Welden grinste: "Ich bin Steven B. Welden, Privatdetektiv. Tut mir leid wegen des Koitus Interrupts. Ich vertrete eine Mandantin namens Laila de Sallab."

„Und was wollen Sie?" Nick Collins schlüpfte in sein sandfarbenes Jackett, band die Krawatte um, zog einen Kamm aus der Innentasche und frisierte das verworrene Haar. Er hatte sich bereits völlig unter Kontrolle, wirkte beherrscht und arrogant.

Genauso beherrscht zückte Welden den Revolver. „Nur ein paar Antworten auf meine Fragen. Fallen sie zu meiner Zufriedenheit aus, verschwinde ich augenblicklich und Sie sind mich wieder los."

„Mein lieber Freund, solange Sie mit der Waffe herumfuchteln, werden Sie von mir keine Silbe erfahren." Lässig zündete sich Collins eine Zigarillo an.

Mit einem Schritt war Welden bei ihm und stieß ihm den Revolverlauf in den Bauch. „Nenn mich nicht deinen Freund, Advokat", sagte er. Ansatzlos schlug er Collins die Zigarette von den Lippen, versetzte ihm einen groben Stoß, dass er auf das Sofa fiel.

Collins wurde bleich bis zu den Nasenspitzen und verlor seine zur Schau gestellte Sicherheit. „Was ...wollen Sie?"

Aus dem Nebenraum huschte das angekleidete Mädchen. „Ich ruf dich an, Nick!", rief sie hastig Collins zu und tänzelte auf hohen Absätzen zum Ausgang.

„Hübsches Ding", sagte Welden. „Sie haben Geschmack, Advokat, aber die Kleine ist ein bisschen jung für Sie, oder nicht?"

Darauf gab Collins keine Antwort.

„Laila de Sallab hält Sie als Rechtsanwalt für eine Null", sagte Welden. „Hat sie recht?"

Verwirrt erwiderte Collins: „Ich verstehe kein Wort?"

„Sie sollen ihren Vater nicht gerade professionell verteidigt haben."
„Schwachsinn! Wer behauptet das? Laila?"
„Erstaunt Sie das?"
„Ich habe getan, was ich konnte. Aber der Staatsanwalt hatte die besseren Argumente und ich vermochte die Beweise nicht zu zerpflücken. Die Geschworenen teilten meine Auffassung nicht. Aber noch ist nicht alles zu Ende. Ich legte Berufung ein."
„Was ist mit Laila? Haben Sie ihre Verteidigung auch übernommen?" fragte Welden.
Misstrauisch sagte Collins: „Ich denke Laila hat Sie engagiert, dann wissen Sie doch, dass ich ihr meine Hilfe angeboten habe, aber sie abgelehnt hatte."
„Laila hatte kein Vertrauen in Sie, nicht?"
„Sie ist ein junges Mädchen, voller Ideale und Träume."
„Glauben Sie, Laila ist unschuldig? Hat sie Calluzzi gekillt?"
„Es sieht so aus. Aber ich weiß es nicht. Laila ist manchmal sehr impulsiv", sagte Collins unruhig. „Worauf wollen Sie hinaus?"
„Nun, Laila hegte den Verdacht, Calluzzi tötete ihre Schwiegermutter und nicht ihr Vater. Und Sie haben sich nicht gerade in diese These verbissen."
„Das ist eine Lüge!" empörte sich Collins. „Ich habe alles geprüft. Calluzzi besaß ein unwiderlegbares Alibi."
„Er war ein Rauschgiftdealer und ein Zuhälter. Wusste das Rick de Sallab?"
„Natürlich, bevor Roberto die Frau von Rick fickte, waren sie ja Geschäftspartner."
„Ein Mädchen, sie hieß Doreen Factha, arbeitete im Crazy Girl und verschwindet auf mysteriöse Weise spurlos. Ihr Mann sucht mich auf und bittet mich sie aufzuspüren. Auf der Straße vor meiner Wohnung wird er von einer Maschinengewehrsalve niedergestreckt. Am Morgen darauf explodiert eine Autobombe und tötet meine Frau. Kaum

werde ich aus der Klinik entlassen kleben mir schon zwei Profikiller auf den Fersen. Sind das alles nur Zufälle?"

„Das ist ja sicher sehr bedauerlich", sagte Collins hochnäsig. „Doch was hat das alles mit mir zu tun? Ich bin Rechtsanwalt und kein Polizist."

„Ich bin mir noch nicht klar über Ihre Rolle in diesem Spiel."

„Was sollte ich für eine Rolle spielen?" Collins steckte sich eine zweite Zigarillo an.

„Das werde ich herausfinden. Bisher weiß ich nur, irgendwer in New York kauft für zwanzigtausend Dollar einen Killer, der mich liquidieren soll. Und die Sache hat etwas mit dem Verwinden von Doreen Factha zu tun, mit Calluzzi und mit Laila de Sallab."

Collins paffte an der Zigarillo und sagte: „Ich kann Ihnen nicht helfen. Damit habe ich nichts am Hut. Ich habe nur Rick de Sallab vor Gericht verteidigt. Es tut mir leid."

Gefährlich sanft streichelte Welden mit dem Revolverlauf über Collins Wange und dessen ironisches Lächeln gefror ein. „Mr. Advokat, wenn ich erfahre, du hast Dreck am Stecken und du bist nicht so ahnungslos, wie du mir vorspielst, dann komme ich zurück und werde dein schönes Adonisgesicht leicht demolieren."

„Muss ich das als Drohung auffassen?"

„Nimm es auf, wie du willst. Ich werde jetzt gehen, bevor die Bullen aufkreuzen, die deine Sekretärin sicherlich verständigt hat. Schöne Grüße von mir. Und vergiss nicht, ich komme wieder."

***

Der eingerollte Männerkörper bewegte sich nicht auf der unbequemen Eisenliege. Gebrochene Augen glotzen auf einen unsichtbaren Punkt an der Ziegelwand. Ein Arm baumelte am Bettgestell hinunter und dickes Blut rann über den Handballen und tropfte auf den Steinboden.

Als ein Schlüsselbund rasselte und die Gefängniszelle aufgesperrt wurde, zeigte der Liegende keine Reaktion.

Licht flutete in den Raum und ein Schatten verdunkelte den Eingang.

„He, Sallab, alter Sack, stehe auf!", rief der Wärter gutmütig. „Ich bringe Kaffee und Sandkuchen."

Rick de Sallab antwortete nicht.

„Mach keine Scherze, Sallab, wach auf!" Der Beamte näherte sich dem vermeintlich Schlafenden und trat in etwas Glitschiges. Er schaute zu seinen Füßen hinab und stand in einer auslaufenden Blutlache. Er ging einen Schritt zurück. Nur mit Mühe hielt er das Servierbrett mit den dampfenden Kaffee. Dann bückte er sich zu dem Gefangenen. Blutleeres Antlitz, aufgeschlitztes Handgelenk, aus dem die letzten Blutstropfen quirlten. Zwischen den Fingern der anderen Hand klemmte eine blutbesudelte Rasierklinge.

Seelenruhig stellte der Wärter das Tablett ab und gab Alarm mit seiner Trillerpfeife.

***

„Verdammt, wie konnte diese Schweinerei passieren?" Hoogan war außer sich vor Zorn. „Können Sie mir das erklären, Mr. Chuckson?" Der glatzköpfige, dickwanstige Gary Chuckson, Direktor der Strafvollzugsanstalt West Point, hockte wie ein Häuflein Elend in seinem Amtszimmer und schwitzte Blut und Wasser.

„Es ist mir ein Rätsel", japste er kurzatmig.

„Es ist mir ein Rätsel", äffte Hoogan ihn respektlos nach, wohl wissend, Chuckson erhielt diesen gut dotierten Posten nur, weil seine Frau die Cousine des derzeitigen Innenministers ist. „Das kann Sie Ihren Job kosten. Die Boulevardpresse wird diesen Vorfall genüsslich ausschlachten. Ein Gefängnismord in West Point unter den Augen der

Obrigkeit gibt eine gute Schlagzeile."
Nervös trocknete sich Chuckson den Schweiß von der Stirn. „Wieso reden Sie von Mord? Ich dachte De Sallab richtete sich selbst?"
„Das war keine Selbsttötung. Die Lage der Leiche, und so wie die Rasierklinge zwischen den Fingern steckte, deutet alles auf Mord hin."
„Sie phantasieren, Lieutenant!"
„Es war Mord und Sie tragen die alleinige Verantwortung. Sie sind der Boss dieses Gefängnisses. Wer kontaktierte De Sallab als Letzter und wann?"
„Der Beamte Lexmark. Sie glauben doch nicht, dass er...?"
„Auch das werde ich überprüfen. Wer konnte noch in die Zelle?"
Hastig schlug Chuckson das vor ihm liegende Logikbuch auf und las laut die letzte Eintragung: „21.11. 14 Uhr - 14 Uhr 30 Priester Intosh bei Sallab in der Todeszelle..." Überrascht hob er den Blick.
„Was ist?" fragte Hoogan.
„Merkwürdig, heute ist doch Donnerstag?"
„Ja und?"
„Am Donnerstag besucht Priester Intosh keine Gefangene. Er hält nachmittags immer eine Messe in unserer Kapelle ab."
„Wer führt das Logikbuch? Wer ist für die Eintragungen zuständig?"
„Lexmark!"
„Nach seinen Angaben fand er den Leichnam um 15Uhr, als er den Kaffee bringen wollte.- Schaffen Sie mir Lexmark herbei!"
Nach einer Viertelstunde hektischen Suchens und einer Lautsprecherdurchsage kristallisierte sich heraus, dass Lexmark wie vom Erdboden verschluckt war.
„Wahrscheinlich hat er die Gefängnisanstalt bereits verlassen", sagte Chuckson.
„Wie lange ist der Beamte hier beschäftigt?"
„Drei Jahre. Ein zuverlässiger und korrekter Angestellter. Seit einem

halben Jahr ist er Oberaufsichtswärter vom Todestrakt. So nennen wir die Etage, auf der die Männer auf den elektrischen Stuhl warten."

„Ist das normal, dass ein Oberwächter den Gefangenen den Kaffee serviert?"

„Normal nicht, aber auch nicht ungewöhnlich. Wenn das Personal knapp wird, muss auch ein höherer Beamter mithelfen."

Hoogan zündete sich eine Zigarette an. „Irgendjemand zwang Lexmark dazu, de Sallab zu töten. Aber warum? Wer hatte soviel Angst vor Sallab, dass er nicht auf die Vollstreckung des Todesurteils warten konnte?"

„Eine Hinrichtung kann sich über Jahre hinweg ziehen", sagte Chuckson. „Und De Sallabs Anwalt reichte bereits einen Revisionsantrag ein. Es besteht die Möglichkeit, der Todeskandidat wird in zweiter Instanz begnadet und das Urteil auf lebenslänglich umgewandelt."

„Was für ein Tag", seufzte Hoogan. „Zuerst Henry Conda im Hudson River, dann Rachel Tyler in ihrem Appartement und jetzt Rick de Sallab in seiner Zelle."

„Morgen Vormittag hätte De Sallab ein Gespräch mit Staatsanwalt Bruster gehabt", erwähnte Chuckson wie nebenbei.

„Interessant, um was ging es in dieser Unterhaltung? Was wollte Sallab mit dem Staatsanwalt besprechen?"

„Das entzieht sich meiner Kenntnis. Aber es war kein Geheimnis, dass De Sallab ein Gespräch mit Buster wünschte. Seit der Verhaftung seiner Tochter beantragte er einen Termin. Alle im Zuchthaus wussten das. Aber was Sallab auf dem Herzen hatte und er bei Buster loswerden wollte, wie gesagt, dies entzieht sich meines Wissen."

„Irgendwer erfuhr von diesem Termin und befürchtete, De Sallab würde etwas ausplaudern, was ihm schaden könnte und er ließ ihn von Lexmark beseitigen. Es sollte wie ein Selbstmord aussehen. Doch Lexmark arbeitete nicht sehr profihaft. Ich denke, wir fischen seinen Leichnam bald aus irgendeinen Fluss."

„Den wahren Sachverhalt dürfen wir nicht der Öffentlichkeit unterbreiten", sagte Chuckson mit fester Stimme. „Behördlich ist es ein Selbstmord. Ich habe damit schon eine Menge Ärger am Hals. Aber ich werde nicht bekanntgeben, dass ein Angestellter einen Mord an einen Gefängnisinsassen begangen hat. Das wäre gleichbedeutend mit meiner Entlassung."

„Mir ist egal, wie Sie die Geschichte hinbiegen. Aber ich untermauere diese These nicht. Wenn mich der Innenminister fragt, werde ich die Wahrheit sagen."

„Warum sollte Sie der Innenminister befragen?", antwortete das fette Walross tückisch und in den kleinen Augen glomm ein böses Licht. „Wer sind Sie schon, Hoogan? Ein unbekannter Bulle aus dem 14. Polizeidistrikt. Wer fragt Sie nach Ihrer Meinung?"

„Nicht nur Sie haben gute Kontakte zur Politik", erwiderte Hoogan kalt.

***

An der Eingangstür war in einem schlichten Bronzeschild der Name eingraviert. **Privatdetektei Welden & Born. Ermittlungen aller Art.**

Jeck Born begrüßte den eintretenden Welden: „Hallo, Boy, ich dachte bereits, du kennst den Weg hierher nicht mehr."

„Hallo, Jeck", sagte Welden gedehnt und lehnte sich an den Türstock. „Was geht ab?"

„Danke, alles okay", erwiderte Born. Angezogen mit einem perfekt passenden graugestreiften Zweireiher und einer weinroten Krawatte. „Aber wie geht es dir? Du siehst ziemlich schlapp aus, alter Kumpel!"

„Ja, schon klar!" Schwerfällig fiel Welden in den braunen Ledersessel Born gegenüber.

„Whisky? Schinkensandwich?" bot ihm Born an und zeigte auf das am Tisch ausgepackte Lunchpaket. „Oder lieber ein Bier?"
„Ein kaltes Bier wäre nicht schlecht." Geschickt fing Welden die auf ihn zufliegende Bierdose auf. Er hakte den Verschluss hoch und bevor das schaumige Gebräu herausspritzte, setzte er die Büchse an den Mund und trank einen großen Schluck. „Wieso bist du noch hier?" erkundigte er sich und wischte mit dem Handrücken den restlichen Schaum von der Oberlippe. „Es ist doch schon Feierabend."
„Rachel Tyler ist tot!", sagte Born übergangslos.
Hart knallte Welden die Bierdose auf die Tischplatte.
„Ja, sie rief mich gestern abends an", fuhr Jeck fort. „Ich hielt mich noch im Büro auf, weil ich dachte, vielleicht kommst du vorbei. Rachel Tyler war sehr ängstlich und aufgeregt. Sie sagte, sie kenne Jane Clairlands Mörder und flehte mich an schnellstens zu kommen. Ich raste sofort los, aber ich kam wieder einmal zu spät. Ich fand Rachel Tyler erstochen auf ihrem Bett."
„Dich trifft keine Schuld, und du kannst das auch nicht mehr ändern. Stand die Tyler nicht unter Polizeischutz?"
„Nein, nicht mehr, vor wenigen Tagen wurde der Sicherheitsbeamte abgezogen."
„War wohl zu früh", sagte Welden lapidar.
Bitter lachte Born: „Da hast du recht. War zu früh. Jetzt ist Rachel tot. Sie wurde mit der gleichen Stilettart wie Clairland getötet. Eine Klinge, die von Messerwerfern im Varieté bevorzugt wird."
„Das kann bedeuten, es war derselbe Täter. Bedeutet es auch, er tötete Grazia?"
Jeck Born schüttelte den Kopf: „Unwahrscheinlich. Das sind zwei völlig unterschiedliche Fälle."
„Bist du dir sicher?"
„Natürlich nicht. Doch bisher gibt es keine erkennbaren Parallelen zwischen den beiden erstochenen Frauen und Grazia. Eigentlich galt

der Bombenanschlag dir. Du solltest sterben, nicht Grazia. Eine grausame Ironie des Schicksals."

„Mann, Jeck, lass deine flapsigen Sprüche!"

„Okay, tut mir leid, entschuldige." Born wippte mit dem Stuhl auf und nieder.

Welden trank den letzten Schluck aus der Bierbüchse, fingerte eine Zigarette aus der Packung und zündete sie an.

„Ich habe Rachel Tylers Wohnung durchforscht", sagte Born. „Und entdeckte einen geöffneten Aktenschrank. Darin eine Unmenge Akten mit vielen Namen. Alphabetisch eingeordnet. Ich blättere die Dokumente durch. Bekannte Persönlichkeiten, Filmstars, Politiker, aber auch weniger Berühmtheiten. Unter den Namen waren ihre Verfehlungen, Jugendsünden, Vorstrafen registriert."

„Rachel Tyler war eine Erpresserin?", fragte Welden.

„Sie und Clairland nötigten eine Unzahl von Leuten, die irgendwie Dreck am Stecken hatten."

„Na, dann viel Spaß bei der Mördersuche. Du musst nur die Namen von den Dossiers mit der Partyliste Douglas vergleichen und du hast den Killer."

„Das habe ich getan", erwiderte Born.

„Und?"

„Fehlanzeige. Keine Namensgleichheit. Etwas war allerdings merkwürdig. Es gab keinen Buchstaben E unter den Ordnern."

„Warum ist das merkwürdig? Da war niemand zu erpressen, dessen Name mit E begann."

„Der Aktenschrank stand offen. Ich glaube, Tylers Mörder stahl das Schriftstück, das ihn belasten würde."

„Der Name des Mörders beginnt also mit E? Alter, jetzt geht dir die Phantasie endgültig durch."

„Auf Douglas Feier war ein Geladener, dessen Name mit E anfing."

Welden grinste: „Du spinnst!"

„Da lag noch eine Zeitung im Aktenschrank. Sie steckte zwischen D und F. Es war eine Washington Post aus dem Jahre 53. Der Mörder musste sie übersehen haben. Auf der vorletzten Seite ist ein kleiner Artikel mit Rotstift umrandet. Der Autor schreibt von einem Varietyunfall. Ein angetrunkener Artist trifft bei einer Darbietung mit dem Wurfmesser seine Partnerin auf der rotierenden Drehscheibe und verletzt sie lebensgefährlich. Der Mann heißt S.E. und wird fristlos gefeuert."

„Na prima, du hast den Fall gelöst. Lass den Mann verhaften, wenn die Zeitung als Beweis und die fehlende E-Akte dafür ausreicht." Welden lächelte ironisch, blies den Rauch in Kringeln in die Luft.

„Ich bin mir nicht ganz sicher, ob der Mann den ich verdächtige, auch der Richtige ist", sagte Born ruhig.

„Du machst es ziemlich spannend, Jeck. Warum sprichst du es nicht aus? S.E? Du hast unseren Zeitungsmann Sack Emath im Verdacht, dem du eine Liaison mit Jane Clairland angedichtet hast?"

„Er könnte es gewesen sein. Alles deutet darauf hin."

Skeptisch meinte Welden: „Du hast nicht viel Argumente. Eine fehlende Akte, einen alten Zeitungsbericht über einen Artisten, dessen Initialen mit Sack Emath übereinstimmen. Selbst wenn du nachweisen kannst, dass Emath dieser Messerwerfer ist, muss er auch ein Doppelmörder sein?"

„Ich werde Emath die Morde nachweisen", sagte Born überzeugt.

„Ich wünsche dir dabei viel Glück. Obgleich ich denke, diese Morde sind zweitrangig. Darum sollen sich die Bullen kümmern. Für mich ist nur Grazias Tod relevant. Nur das und sonst nichts. Ich muss ihren Mörder finden. Doch ich irre im Kreis. Um mich herum sterben Männer. Kein einziger verwertbarer Hinweis. Doreen Factha könnte ein Schlüssel sein. Aber sie ist spurlos verschwunden. Niemand weiß etwas über sie, keiner spricht von ihr. Ist sie tot, irgendwo verscharrt oder untergetaucht? Geht es um einen Machtkampf der Rauschgiftor-

ganisatoren?" Heftig saugte Welden an der Zigarette. „Und da ist noch ein Mietkiller namens Cherman Larr, der von irgendwem beauftragt wird, mir das Licht auszublasen. Warum? Wer fürchtet sich vor mir?" Er klopfte die Asche in die leere Bierdose.
„Verfolgt dich dieser Larr weiterhin?"
„Davon gehe ich aus. Warum sollte er sein Vorhaben abbrechen?" entgegnete Welden. „Angeblich wohnt er im Exidor, ein Hotel in der Maspeth Avenue. Ich werde ihm heute Nacht einen Besuch abstatten."
„Das ist gefährlich! Wir sollten zusammengehen."
Welden quetschte den Zigarettenstumpen in den Schlitz der Bierbüchse, zerknautschte das Blech, peilte den Abfalleimer an und warf daneben und die Dose kullerte über den Boden.
Hart sagte er: „Das ist mein Weg, nicht der deine!"
„Bisher sind wir alle Wege gemeinsam gegangen. Warum schließt du mich aus? Was hat sich geändert?"
„Alles hat sich geändert. Grazia ist tot!" sagte Welden eisig. „Und ein Stück von mir ist auch gestorben."
„Du bemitleidest dich ein bisschen sehr", bemerkte Born nüchtern.
„Vergiss deine Freunde nicht."
Darauf antwortete Welden nicht.
Unvermittelt fragte Born: „Hast du dich schon mit Casper de Sallab unterhalten?"
„Nein, warum sollte ich?"
„Nun, er profitiert am meisten von der Verurteilung seines Bruders und der möglichen Zuchthausstrafe seiner Nichte. Den Gerüchten nach erbt er die beiden Nachtlokale Crazy Girl und White Horse. Casper ist hoch verschuldet. Die Bars laufen schlecht und er lebt trotzdem auf großen Fuß. Hinzu kommt, er hasst seinen Bruder abgrundtief, weil er glaubt Rick hat den Überfall auf ihn inszeniert."
„Was habe ich damit zu tun? Wieso komme ich ins Spiel?"
„Alles beginnt mit George Factha und Laila de Sallab, die dich auf-

suchten. Factha wird abgeknallt und Laila landet wegen Mordverdacht an Calluzzi hinter Gittern. Doch sie behauptet unschuldig zu sein."

„Das haben wir doch bereits durchgekaut. Laila erschoss Calluzzi, weil sie ihn für den Mord an ihrer Stiefmutter verantwortlich machte", sagte Welden.

„Vielleicht hast du recht", meinte Born nicht überzeugt.

Übergangslos sagte Welden: „Frag mal bei den Cops nach, ob bei ihnen eine Anett McCormick bekannt ist."

„Anett McCormick? Wer soll das sein?"

„Eine schwarzhaarige Schönheit, die eine undurchsichtige Rolle in einem bösen Spiel betreibt. Eventuell gibt es eine Polizeiakte über sie. Bringe das mal in Erfahrung." Langsam erhob sich Welden aus dem Stuhl. „Ich bin müde. Ich nehme nebenan eine Mütze voll Schlaf..."

Seine letzten Worte gingen im berstenden Krach unter, der bei dem gewaltsamen Eintreten der Bürotür verursacht wurde. Und wie aus dem Nichts standen zwei schwerbewaffnete Männer unter dem Türgebälk und begannen ohne Vorwarnung loszuballern.

Instinktiv ließ sich Welden einfach fallen. Keinen Wimpernschlag zu früh. Die Kugeln zupften an seiner Schulter.

Genauso reaktionsschnell kippte Jeck Born mit dem Sessel rückwärts weg und versuchte sich unter dem Schreibpult in Sicherheit zu bringen. Fieberhaft durchwühlte er die Schubfächer nach seiner Waffe.

Ein Mann schrie: „Zur Hölle mit dir, Welden!" Und feuerte aus allen Rohren auf den über den Teppichboden rollenden Detektiv.

Der andere Eindringling hielt mit einer Maschinengewehrsalve Jeck Born hinter dem Tisch in Schach. Die Akten und Bleistifte tanzten in der Luft, das Telefon zerlegte sich in seine Bestandteile, die Stehlampe zerplatzte und Holzsplitter deckten Born zu.

Endlich bekam Born den Revolver in der Schublade zu fassen. Als der Killer sein leeres Magazin austauschen wollte, tauchte Born hinter dem Schreibtisch hoch und gab hastig mehrere Schüsse ab. Eine Ku-

gel traf und haute den Gangster beim Nachladen von den Beinen.
Sein Kumpan, der Welden mit einem Bleistakkato am Boden festnagelte, schwenkte kurz die Pistole.
Ein Blitz fauchte auf Born zu und dann wurde es stockdunkler um ihn.
Schon glaubte Welden eine Chance zu haben. Er zog den Revolver aus den Hosenbund, da stieg ihm ein harter Stiefelabsatz auf die Hand und eine lispelnde Stimme sagte höhnisch: „Ich freue mich dich wiederzusehen, Mr. Welden!" Der Stiefeldruck erhöhte sich und Welden bekam das Gefühl seine Finger werden zermalmt.
Er drehte den Kopf nach oben.
Über ihn beugte sich Cherman Larr. Eingegipste Nase, Drahtgestell am Unterkiefer und trotzdem zeigte sein Killergesicht einen zufriedenen Eindruck.
„Schieß schon", sagte Welden hoffnungsarm. „Mach ein Ende, Larr und drücke ab."
„Warum so eilig, mein Freud? Ich habe viel Zeit um dich zu töten. Du erinnerst dich an unsere letzte Begegnung? Du warst nicht sehr liebenswürdig zu mir!" Demonstrativ streichelte sich Larr über die gebrochene Nase. Dann lupfte er den Fuß von Weldens Hand, ging einen Schritt zurück und hielt die Waffe auf ihn. „Steh auf, komm schon, erhebe dich."
Im Zimmer schwebte der beißende Gestank verbrannten Pulvers. Welden massierte die schmerzenden Finger und blickte sich um. Da schien eine Bombe eingeschlagen zu haben. Zerschossene Wände, umgestürzte Sessel, kugelzerfetzter Teppich und ein toter Berufsmörder mit einem kleinen Loch im Schädel. Dann sah er Jeck Born. Er lag mit dem Oberkörper über der Schreibtischplatte und bewegte sich nicht. Das Blut floß aus dem Haar über seine Stirn, über das ganze Gesicht. Die Augen weggedreht, aus dem Mundwinkel rann blutiger Speichel.

Jählings rastete Welden aus. „Du Scheißkerl hast Jeck erschossen!" schrie er.
Total überraschend, für Larr nicht vorhersehbar, katapultierte Welden sich nach vorne, ungeachtet der auf ihn gerichteten Pistole. Er schlug Larr die Waffe aus der Hand und rammte sein Knie in dessen Unterleib. Blind vor Hass setzte er nach. Die Faust sprengte die eingegipste Nase und Larr brüllte vor Schmerzen. Planlos attackierte Welden weiter. Plötzlich duckte sich Larr und die Fäuste pufften ins Leere. Welden strauchelte. Larr griff nach dem umgefallenen Stuhl und schmetterte ihn Welden über den Kopf.
 Gnadenlos prügelte weiter Larr auf ihn ein.
Bis Welden sich nicht mehr rührte.

***

Das kleine Boot tanzte unsteuerbar auf den gischenden Seewellen. Wie eine aufgeblasene Gummipuppe schlitterte der Körper über die nassen Holzplanken. Schattenlose Wesen bedrohten ihn von allen Seiten. Gierige Skelettfinger streckten sich nach ihm. Aus den schwarzen Augenlöchern der Teufelsköpfe schleuderten tödliche Blitze auf ihn zu und aus den zahnlosen Mündern spitzelten feuerrote Zungen. Es stank ekelerregend nach Benzin, Schwefel und Alkohol.

***

Schlagartig kehrte Welden aus der Horrorvision in die Wirklichkeit zurück. Verwundert registrierte er wie er hoch und niedergeworfen wurde. Er prallte mit der Stirn gegen ein hartes Hindernis. Warmes Blut tröpfelte aus der Platzwunde und bunte Sterne wirbelten vor seinen Augen. Die Hände fuchtelten im leeren Raum nach einen Halt, um das Auf und Nieder seines Körpers zu bremsen. Sie krallten sich an einen runden, glatten Gegenstand fest. Er fühlte sich an wie ein Lenkrad.

Verdammt, er wurde nicht in einem kenternden Boot durchgeschüttelt. Er flog durch den Innenraum eines Kraftfahrzeuges. Immer schneller werdend rutschte der Wagen eine steile Böschung hinunter.

Verzweifelt hielt Welden sich am Steuer fest, aber es wurde ihm aus den Händen geschlagen. Das Fahrzeug hüpfte und bockte wie ein wild gewordener Mustang. Welden krachte mit dem Schädel gegen den Dachhimmel und beim zurückfallen verhedderte er sich unter dem Armaturenbrett. Mühevoll zwängte er sich heraus und rüttelte an der Türverriegelung. Aber sie klemmte.

Überschlagend pflügte sich das Auto den Abhang hinab. Die Windschutzscheibe zerberstete und Glasscherben sprenkelten auf Weldens Rücken. Deformiertes Blech kreischte, Federn und Stoßdämpfer stöhnten.

Beim nächsten Überschlag brach die Wagentür auf und Welden segelte im hohen Bogen durch die nächtliche Luft. Nach einem endlos scheinenden Flug landete er unsanft auf der Schulter und stürzte kopfüber den abschüssigen Geröllhügel hinunter. Grasbüschel und Erdbrocken sausten an seinen Augen vorbei, abwechselnd mit dem Nachthorizont und den funkelnden Sternen. Sein Sturz beschleunigte immer mehr und er konnte ihn nicht abstoppen.

Hinter ihm explodierte der Benzintank des Wagens und ein gewaltiger Feuerball schweißte sich in das dunkle Firmament. Brennende Blechteile schwirrten auf die Erde und die Nacht wurde für Sekunden zum hellichten Tag.

Unaufhaltsam purzelte Welden weiter. Ein Baumstamm beendete schließlich den schwindelerregenden Sturzflug. Schwer keuchend blieb er liegen. Lange Minuten verstrichen. Er verlor jegliches Zeitgefühl. Schonend untersuchte er sich selber. Kein Knochen gebrochen. Nur Verstauchungen, Prellungen, überall blaue Flecken.

Der Grasboden war feuchtkalt und Welden begann zu frieren.
Entferntes Motorengeräusch eines näherkommenden Fahrzeuges schallte an sein Ohr.
Weiter unter ihm schlängelte sich eine lange, kurvige Uferstraße. Zwei schaukelnde Scheinwerferlichter durchbohrten das nächtliche Dunkel und fuhren auf ihn zu.
Welden wollte sich an der Baumrinde hochziehen, aber die Kraft reichte nicht aus. Er musste loslassen. Augenblicklich bretterte er in die Tiefe, den Lichtkegeln entgegen. In den Ohren rauschte es, der Schädel plusterte sich auf, die Pupillen quollen aus den Höhlen.
Welden stürzte ins Nichts und klatschte wie ein nasses Handtuch auf die steinige Straße.
Die aufgeblendeten Scheinwerfer des heranfahrenden Fahrzeuges erfassten die unbewegliche Gestalt. Knapp bevor die Stoßstange das menschliche Hindernis anrempelte, standen die Räder still.
Eine schlanke, attraktive Frau entstieg dem flammenroten Jaguar E, ging auf das voll angeleuchtete Menschenbündel zu und kniete sich daneben.

***

Jeck Born wusch das Blut aus dem Gesicht und schaute in den Spiegel. Dicht unter den Haarwurzeln klaffte eine hässliche Streifschusswunde. Er hatte viel Glück gehabt. Einen Zentimeter tiefer und er wäre mausetot. Bedachtsam klebte er ein großes Heftpflaster auf die Verletzung und stolperte in das verwüstete Büro zurück.
Nur der tote Killer lag ausgestreckt am Boden. Keine Spur von Welden und Cherman Larr.
Sorgsam filzte Born die Kleider des Erschossenen. In der Hoffnung eine Hinweis auf die Identität zu finden. Doch er entdeckte nichts, außer einem Bündel Geldscheine, einer verknüllten Zigarettenpa-

ckung und einer Zündholzschachtel. Er zählte das Geld. 500 Dollar.
„Nicht viel für einen Mord", dachte Born und stopfte die Scheine wieder in das Sakko des Getöteten.
Er rauchte eine Zigarette und überlegte. Was war mit Boy geschehen? Wohin schleppte ihn Larr? Oder hatte er den Freund schon getötet? Grübelnd betrachtete er die Streichholzschachtel in seiner Hand. Hotel Exidor prägte auf dem Etikett.
Noch lange verweilte er im Raum und die einbrechende Dunkelheit mantelte ihn ein. Und nur die Zigarettenglut glimmte als heller Punkt.

***

Unvermittelt schnellte Weldens Oberkörper hoch und er blickte direkt in das schöne Angesicht der eingeschlummerten Anett McCormick. Zusammengerollt wie eine Katze, eingewickelt in einer dünnen Wolldecke, kauerte sie im Polstersessel neben dem Bett.
Es war ein freundlicher, klarer Morgen. Die kühlen Sonnenstrahlen reflektierten durch die Fensterscheibe und röteten die sanften Wangen der Schlafenden. Ihr prächtiges, zerwühltes Haar glänzte wie polierte Kohle.
Unruhig bewegte sich Anett. Die Wolldecke rutschte ihr von der Schulter und gab dem weißen Busenansatz frei.
Fasziniert von diesem erotischen Bild vermochte er nicht die Augen abzuwenden. Die halbnackten Brüste hoben und senkten sich in unregelmäßigen Abständen und die Decke glitt noch weiter ab.
Im selben Moment, als er ihr die Decke hochziehen wollte, schlug Anett McCormick die Lider auf und ihre Blicke kreuzten sich.
Seine Hand zuckte zurück, als hätte sie sich elektrisiert. Er fühlte sich ertappt und wandte den Kopf ab.
Beinahe verlegen zog Anett die Decke bis ans Kinn, während eine tiefe Röte ihr Gesicht verdunkelte.

„Wo sind wir hier?" fragte Welden gewollt nüchtern, um die peinliche Situation zu überbrücken. „Hast du mich hierher geschleift und verarztet?"

Schnippisch erwiderte sie: „Natürlich, oder siehst du in diesen Raum noch jemanden außer mir?"

„Und warum die Mühe?"

„Wir sind irgendwo in der Bronx, in einen billigen Stundenmotel, wo niemand Fragen stellt", sagte Anett. „Frage mich nicht, warum ich dich gerettet habe, Mr. Welden. Ich weiß nur, ich sitze nun zwischen allen Stühlen. Cherman Larr will mich killen, die Bullen hetzen mich und ein Unbekannter in New York zahlt eine Prämie für meinen Tod. Ich bereue es jetzt schon, dass ich dich nicht sterben ließ, nachdem dich Larr mit Whisky tränkte und dich mitsamt den Wagen die Böschung zum East River hinunter stieß, um dich zu versenken. Glücklicherweise flogst du aus dem Fahrzeug, bevor es explodierte und du dann vor meine Stoßstange fielst. Dein Schutzengel leistete wahre Wunder. Keine schwerwiegende Verletzungen, nur Schürfungen, gestauchte Rippen, ein bißchen Blutverlust. Ich hatte ganz schön zu tun, dich hierher zu schleppen. War eine schweißtreibende Arbeit."

„Danke", sagte Welden und es ging ihm nicht leicht von den Lippen. „Du hast mir also das Leben gerettet. Warum? Du hast keinen Profit davon."

Sie war sichtbar verärgert: „Hör zu, Mr. Welden, nerve mich nicht mit deinen blöden Fragen. Ich habe dir geholfen. Na und? Ich wollte nur nicht mitschuldig an deinen Tod werden. Belassen wir es dabei!"

„He, schöne Lady, bist du vielleicht gar nicht so gefühllos, wie du vorgibst?"

Wütend starrte sie ihn: „Verflucht, Welden, ich bin kein unbeschriebenes Blatt. Ich bin eine Glücksritterin, ich bin hinter dem Geld her wie der Teufel hinter der armen Seele. Ich stehle und betrüge, ich prostituiere mich sogar manchmal. Doch ich töte nicht. Mord ist nicht mein Ding. Da steige ich aus!"

„Deine späte Einsicht ehrt dich, schöne Lady. Aber wieso sollte ich dir trauen?"

Jetzt huschte ein ironisches Lächeln über ihre Miene: „Eigentlich warst du schon tot, Steven Boy Welden. Aber du lebst! Ist das nicht Grund genug mir zu vertrauen?" Sie stand auf und hielt die Wolldecke am Halse fest. „Ich dusche mich nun, ziehe mich an und besorge uns ein Frühstück, sowie ein paar Klamotten für dich. Danach werden wir das Quartier wechseln. Hier sind wir nicht sicher. Larr wird uns aufspüren."

Frisch gewaschen und geföhnt stolzierte sie nach zwanzig Minuten aus dem Bad. Ein Hauch von Make up im Gesicht. Mausgraues Kostüm, hochhakige Pumps. Sie warf Welden einen Revolver auf das Laken und verabschiedete sich: „See you later, Alligator!"

Und Welden schlief wieder ein.

Jemand pochte an der Tür.

Schlaftrunken fragte er: „Wer ist da?"

„Der Zimmerservice!", lautete die Antwort.

„Kein Bedarf, Mann! Komm später!", bellte Welden hellwach und griff zum Colt.

„Aber, Mister, ich muss die Bettwäsche wechseln!"

„Junge, ich benötige keine frische Wäsche. Hau einfach ab!"

„Keine Aufregung, Mister. In drei Minuten haben Sie ein sauberes Leintuch und ich bin wieder weg. Ich will nur meine Arbeit tun."

Laut rief Welden. „He, Junge, bist du taub? Sind deine Ohren verstopft? Verschwinde endlich!"

Vor dem Zimmerzugang wurde es still. Dann hörte Welden Schritte, die sich entfernten.

„Na also", sagte er zufrieden und fiel nach hinten.

Doch da kamen die Fußtritte wieder. Diesmal schneller und stampfender.

Die Tür krachte aus den Angeln und ein Mann stürmte mit gezückter Waffe in das Appartement.

Impulsiv dachte Welden: „Jetzt geht die Scheiße schon wieder los!" Er kugelte vom Bett und feuerte den Revolver ab. Doch er traf den Angreifer nicht.

Der sprang zur Seite und schoss ebenfalls. Eine Kugel prellte Welden das Schießeisen aus den Fingern und er lag da wie auf dem Präsentierteller.

„Leb wohl, Welden!", höhnte der Killer und legte die Waffe gegen ihn an.

Ein Schuß knallte und überrascht beobachtete Welden, wie das hämische Grinsen einfror und der Mann vorüberkippte.

Im Eingang tauchte Anett McCormick auf. Sie steckte den rauchenden Colt ein, packte die abgelegten Einkaufstüten wieder hoch, stieg achtlos über den Toten und beförderte die Pakete auf den Tisch. „Oh Mann, Welden", schüttelte sie die prachtvolle Haarmähne. „Dich kann man ja keine Minute aus den Augen lassen und schon ist die Hölle los."

„Zum Teufel mit dir, Lady, du hast mich verraten und verkauft!", fauchte er wild und schubste sie heftig weg.

„Idiot!", schimpfte sie. „Denk nach, bevor du Blödsinn redest. Glaubst du, ich rette dein Leben, um dich hinterher auszuliefern? Das nächste Mal rühre ich keinen Finger mehr, wenn sie dich abknallen wollen.- Mensch Welden, der Hotelportier hat uns verpfiffen. Larr besitzt gute Kontakte. Wir müssen unser Frühstück verschieben und das Weite suchen. Ich habe dir einige Sachen gekauft. Vielleicht passen sie. Probier sie an! - Kommst du allein zurecht?"

Missgelaunt brummte er: „Du kannst mir ja beim Anziehen behilflich sein." Vor ihren Augen schlüpfte er aus der Pyjamahose.

Neugierig begutachtete sie seinen ausgemergelten, nackten Körper, an dem die Hüftknochen hervorstachen und der übersät mit blauen Flecken, Schürfungen und alten Brandnarben war.

„Du siehst ein wenig verhungert aus", meinte sie fachmännisch. „Du könntest ein paar Pfund mehr auf den Rippen vertragen. Alles an dir scheint mir ein bisschen mickrig zu sein."

Hastig streifte er die Unterhose über und sagte ätzend: „Danke, Lady, du verstehst es wirklich einen depressiven Mann aufzuheitern." Etwas umständlich kleidete er sich an. Der braune Anzug war eine Nummer zu groß und schlotterte an seinem hageren Leib.

„Du siehst gut aus, Mr. Welden", lobte Anett McCormick und er war sich uneins, ob sie es ehrlich meinte oder ihn veralberte. Er entschied nicht darüber nachzudenken, klaubte den 44er Colt auf und schob ihn hinter den Rücken in den Gürtel.

„Wie geht's weiter, Lady?", erkundigte er sich. Er fühlte sich schwach und schwindlig, versuchte das zu überspielen. Doch sie durchschaute ihn. Sie wusste, er würde bald zusammenbrechen.

„Komm", sagte sie und nahm seinen Arm. „Wir sollten schleunigst von hier abhauen. Ich kenn da noch ein winziges Versteck in Manhattan. Dort sind wir sicherer und dort kannst du dich ausruhen."

„Phantastisch", sagte er mit Galgenhumor. „Irgendwie ahne ich, dass der Trouble jetzt erst richtig losgeht. Vielleicht wäre es besser gewesen, du hättest mich im East River ersaufen lassen."

Beinahe fröhlich lachte Anett auf: „Sei nicht so deprimiert, Welden. Vergiss nicht, ich bin dein Schutzengel. Du brauchst mich einfach. Bestimmt wirst du dich eines Tages in mich verlieben."

***

Zigarettenrauchend und kaffeetrinkend, nur mit Hemd und Hose, fläzte Welden auf dem Sofa.

Ihm gegenüber, in einem alten Korbstuhl Anett McCormick, nachdenklich, in sich eingekehrt. Sie hatte ihm alles geschildert. Von den Mordaufträgen des großen Unbekannten, von Cherman Larr und Rock Sander. Larr hatte sie engagierte um ihn, Steven B. Welden, zu verführen und in eine Falle zu locken, nachdem Larrs erster Mordversuch in Facthas Wohnung fehlschlug und alles anders kam wie geplant.
Sie erzählte wie Sander mit der Ermordung des Henry Wonda prahlte, von dem erzwungenen Geständnis, welches angeblich aufgeschrieben in einen Schließfach am Subway West hinterlegt war. Und von dem Safeschlüssel, der sich möglicherweise in Sander Auto befand.
„Wenn der Öffner in diesen Wagen liegt, werden wir ihn uns besorgen", sagte Welden. „Und zwar noch heute."
„Larr weiß auch von dem Schlüssel und er wird ebenso wie wir versuchen an das Fahrzeug ranzukommen."
„Dann müssen wir schneller sein als er. Reich mir das Telefon, Lady!"
„Was hast du vor?"
„Hast du eine Ahnung, wo der Wagen steht?"
Anett zuckte mit der schmalen Schulter. „Wahrscheinlich auf irgendeinem Polizeirevier in Brooklyn, aber wo genau, keinen Schimmer."
„Okay, das werden wir herausfinden..."
Die schöne Schwarzhaarige lehnte sich im Stuhl zurück und fragte: „Habe ich dich unterschätzt, Mr. Steven B. Welden?"

***

Durch die gläserne Drehtür betrat Jeck Born das Foyer des Hotels Exidor. Es war acht Uhr morgens und wenig Betrieb. Gelangweilt marschierte er zur Rezeption und fragte den schläfrigen Portier, dessen Nachtdienst offensichtlich bald zu Ende ging: „Guten Morgen!

Ich bin mit Cherman Larr verabredet. Ist er schon auf?"
„Woher soll ich das wissen?" brummte der Mann. „Ich habe ihn nicht geweckt und werde das auch nicht tun. Ich bin nicht lebensmüde. Der Mann ist unberechenbar."
Unauffällig schob Born ihm eine zwanzig Dollarnote über das Pult. „Sie müssen ihn nicht wecken. Das tue ich selber. Sagen Sie mir nur die Zimmernummer."
Flink strich der Portier den Geldschein ein und sagte kurz: „ 24."
Mehrere Gäste kamen aus dem Fahrstuhl und begaben sich in den Frühstücksraum. Born drückte den Knopf zur 2. Etage.
Dann ging er über den gelben Teppichläufer zu Suite 24.
Am Türknauf hängte ein rotes Schild mit der weißen Aufschrift: Bitte nicht stören.
Hart hämmerte Born den Revolverkolben gegen das Türblatt. Einmal, zweimal...
Nach einer Weile antwortete ein giftige Stimme: „Könnt ihr Arschlöcher nicht lesen? Ich will nicht gestört werden. Haut ab!"
„Sorry Sir, ich bringe Ihnen eine Flasche Champagner und eine Dose Kaviar auf Kosten des Hauses."
Tuschelnde Stimmen, schließlich schleifende Schritte zur Tür, die einen Spalt geöffnet wurde. Dazwischen Larrs erhitztes Gesicht. „Gib das Zeug her, was zur Hölle...?"
Vehement trat Born gegen Tür und die detonierte gegen die frisch eingegipste Nase von Larr. Mit einem tierischen Aufschrei taumelte der in den Raum zurück. Die Hände ließen das um die Hüften gewundene Handtuch fallen und fassten an die Nase. Nackt und blutend wankte er hin und her.
Geschmeidig glitt Born in die Wohnung.
Auf dem zerwühlten Bettleinen schlängelte sich eine textilfreie Rothaarige mit überproportionalen Busen.
Nicht unfreundlich befahl Born: „Zieh dich an, Baby! Die Party ist

vorbei!"

Sie schwang die langen Beine vom Bett und flanierte stolz zu dem Sessel, über dessen Lehne sie ihre Kleider geworfen hatte. Gelassen stieg sie in den roten Slip und quetschte mit etwas Mühe die prallen Brüste in den Büstenhalter. „He, Junge, wer bezahlt mir die hundert Dollar?"

„Verbuche es als Verdienstausfall", riet Born humorvoll und verabreichte ihr einen Klaps auf das einladende Hinterteil, das sie ihm entgegenstreckte, als sie sich in den engen Rock windete.

„Scheißbulle!", zischte sie, raffte ihre Bluse auf und trippelte in Windeseile aus dem Zimmer.

Keinen Augenblick hatte Born den Berufskiller aus den Augen gelassen, hielt immer die Waffe auf ihn gerichtet. Als sich Larr nach dem Handtuch bückte, sagte Born eiskalt: „Lass es liegen. Du brauchst es nicht!"

„Du bist Jeck Born. Ich dachte du wärest tot", sagte Larr mit belegter Zunge.

„Falsch gedacht. Du hast schlecht gezielt", erwiderte Born. „Was ist mit Boy? Hast du ihn gekillt, du Schweinehund?"

Heftig verneinte Larr: „Nein, er ist entkommen, diese schwarzhaarige Teufelin hat ihm dabei geholfen."

„Wo ist er jetzt?"

„Weiß nicht, versteckt, irgendwo in der Stadt."

„Okay, Larr, pflanze dich auf das Bett und strecke Arme und Füße aus." Mit der anderen freien Hand holte Born aus dem Stiefelschaft ein blitzendes Stilett.

„He, Mann, was hast du vor?" Larr fühlte eine ungewisse Gefahr auf sich zu schleichen und wusste nicht wie er ihr ausweichen konnte. Er schmeckte das süßliche Blut auf den Lippen, empfand die totale Nacktheit beschämend, weil sie ihn klein und erbärmlich werden ließ.

Ganz nah ging Born zu ihm, hielt ihm die Coltmündung an die

Schläfe, kitzelte ihm mit der flachen Messerklinge den Bauch, die Lenden und streifte den schlappen Penis.

Larr wurde zur Salzsäule, die Nackenhaare sträubten sich und er atmete nicht mehr.

„Es passiert dir nichts. Mach einfach nur was ich sage", sagte Born leise. „oder ich schneide dir deinen läppischen Schwanz ab."

Wie in Trance befolgte Larr die Anweisung. Die Angst krakelte in sein Gehirn, während er sich bäuchlings auf das Bett warf und das blutige Gesicht in das Laken wühlte.

Neben ihn setzte sich Born auf die Bettkante und schabte mit dem Stilett über den Rückenwirbel.

Vergeblich versuchte Larr die Stimme zu heben, aber es kam nur ein Krächzen aus ihm. Der Mann hinter ihm, den er nicht sehen konnte und das kalte Messer auf seiner bloßen Haut, machten ihn langsam aber sicher verrückt.

„Ich werde dir jetzt ein paar Fragen stellen, Mr. Larr", sagte Born freundlich. „Du solltest sie mir beantworten. Wenn nicht, tranchiere ich deine häßliche Haut in Streifen und befreie dich von deinen Eiern. Glaube mir, das ist kein Spiel und kein Scherz und nichts auf der Welt kann dir helfen. Du bist nackt und allein und mir hoffnungslos ausgeliefert. Ich kann mit dir machen was ich will."

Als Beweis ritzte Born die scharfe Klingenspitze in Larrs Hinterbacken. Ein bißchen Blut tröpfelte aus dem weißen Fleisch. Und Larr stand am Rande des Wahnsinns.

Gefühllos sagte Born: „Noch ist nichts passiert. An diesem Kratzer stirbst du nicht. Aber vielleicht am nächsten oder übernächsten!"

Noch nie in seinem Leben wurde Cherman Larr so gedemütigt und erniedrigt. Noch nie flößte ihm jemand soviel Todesfurcht ein wie dieser verrückte Sadist mit dem Messer. Er war überzeugt, dass Born ihn bei lebendigem Leib die Haut abzog, wenn er nicht redete. Die heillose Panik löste seine Zunge und er verriet alles, was Born wissen wollte. Wichtiges und unwichtiges. Er redete und redete, bis er auf einmal spürte, dass ihm niemand mehr zuhörte. Er wälzte sich auf den Rücken und starrte gegen die offene Tür.

Jeck Born war verschwunden. Niemand außer Larr im Zimmer.

Grenzenlos erleichtert rutschte er vom Bett, sammelte seine Kleider auf.

Da vernahm er hinter sich wieder Geräusche. Abermals attackierte ihn die panische Angst. Jeck Born kehrte zurück, war der erste Gedanke. Dieser Satan kam wieder um ihn zu vierteilen.

„Mr. Larr?", fragte eine knochenharte Männerstimme.

Larr drehte sich um, die Hose vor dem Unterleib haltend. „Ja?", fragte er und begriff nicht das Geringste.

Der Fremde im hellen Trenchcoat, zwischen Tür und Angel stehend, legte den großkalibrigen Revolver mit dem aufmontierten Schalldämpfer auf den ungläubigen Larr an. „Viele Grüße vom Boss!"

„He, wer bist du? Was willst du hier...?"

„Plop!", hustete der Colt und ein weiteres Mal: „Plop!"

Der Auftragskiller Cherman Larr starb mit zwei Kugeln im Kopf.

Seelenruhig schraubte der Mörder den Schalldämpfer von der rauchenden Mündung. Angewidert spuckte er einen klebrigen Kaugummi auf die nackte Leiche. „So bestrafen wir bei uns in New York miese Verräter. Goodby, Mr. Larr!"

***

Ein Taxi transportierte Anett McCormick und Steven B. Welden auf der Seventh Avenue zum 13. Distrikt. Obwohl erst früher Nachmittag, waren die Straßen proppenvoll und sie rollten im Schneckentempo dahin. Das Ziel war die polizeiliche Verwahrungsstelle für beschlagnahmte Fahrzeuge in der Downing-, Ecke Houstonstreet.

Nach zwei Stunden Fahrzeit erreichten sie das schiefergraue Polizei-

gebäude und entlohnten den schlechtgelaunten Chauffeur.
Ungehindert passierten sie die breite, unbewachte Hofeinfahrt. Niemand nahm Notiz von ihnen. Weit und breit kein Aufsichtspersonal.
Auf dem Gelände reihte sich eine Vielzahl von Autos. Verrostete Schrottlauben, unfallbeschädigte Fahrzeuge, aber auch besser erhaltene Wagen.
Schließlich entdeckten sie dazwischen den demolierten Buick von Rock Sander. Die Windschutzscheibe war herausgeschlagen, die Motorhaube hochgestellt, der Frontgrill und die Stoßstange eingedrückt, die Scheinwerfergläser zersprungen.
Welden rüttelte an der Fahrertür.
„Die Bullen haben die Karre bestimmt bereits überprüft", sagte Anett hinter ihm.
Wider Erwarten gelang es Welden die verbeulte Tür aufzustemmen.
„Das ist nicht sicher", meinte er und bückte sich in das Fahrzeuginnere, wollte an das Handschuhfach, als eine freundliche Stimme fragte: „Kann ich Ihnen behilflich sein, Herrschaften?"
Ungeschickt zog Welden den Kopf zurück und stieß sich dabei schmerzhaft an der Dachkante an.
Bedächtig wandten sich beide um.
Vor ihnen baute sich korpulenter, uniformierter Hüne von Polizist auf. Breitbeinig, die Fäuste in die Hüften gestemmt, die Pistolentasche aufgeklappt.
„Hallo, Officer", grüßte Welden und betastete seinen Hinterkopf.
„Klären Sie mich auf, Mister", forderte der Cop und legte die Hand an den Revolvergriff. „Wer sind Sie und was tun sie hier?"
„Nicht nervös werden, Sergeant", sagte Welden. „Ich bin Inspektor Hoogan und das ist meine Kollegin Hunter."
Misstrauisch fragte der Cop: „Inspektor Hoogan? Was tun Sie hier? Soviel ich weiß ist Ihr Revier im 14. Distrikt."
„Sie haben Recht, Officer. Aber wurden Sie nicht von Ihrer Dienst-

stelle von meiner Ankunft unterrichtet? Das ist wieder typisch Bürokratie. Vor einer Stunde telefonierte ich mit Ihrem Vorgesetzten, Lieutenant..., äh Lieutenant...?"

„Lieutenant Stocker?", half ihm der Uniformierte.

„Genau, Lieutenant Stocker. Ihm kündigte ich mein Kommen an. Im Zuge einer Ermittlung muss ich dieses Fahrzeug kontrollieren. Ihr Chef sagte mir sein Einverständnis zu."

„Dann vergaß er wohl mich zu informieren", bedauerte der Sergeant und lockerte die angespannte Haltung. „Doch ich werde mich bei Lieutenant Stocker nochmals erkundigen."

„Das ist auch Ihre Pflicht", sagte Welden und zwängte sich erneut in das zerknautschte Autowrack.

Der Cop steuerte auf den Verwaltungstrakt zu.

Ungeduldig drängte Anett McCormick. „Beeil dich Welden, der Bulle ist in wenigen Minuten wieder zurück und der Schwindel ist vorbei!"

„Bleibe ruhig, Lady", beschwichtigte er sie und seine Hand durchkämmte das Handschuhfach. Es war leer. Er langte in die Ablagen an den Türverkleidungen. Ebenfalls leer.

„Was ist? Hast du den verdammten Schlüssel?"

„Nein, noch nicht."

„Vielleicht liegt er unter der Fußmatte?"

Er lüftete die Matten. Nur Kies und Erde.

„Der Kofferraum, bestimmt hat ihn Sander im Kofferraum versteckt!" Nervös beobachtete Anett wie der Polizist im Gebäude entschwand.

„Jetzt verliere nur nicht die Nerven, Lady!" Welden ging um den Wagen, wollte den Kofferraumdeckel öffnen. Abgesperrt.

„Auch das noch", stöhnte sie. „Wir schaffen es nicht. Uns rennt die Zeit davon. Sie werden uns verhaften."

Wortlos bückte Welden sich noch mal in den Vorderraum, zog den

Bowdenzug neben dem Fahrersitz hoch und plötzlich schnappte die Heckhaube auf.

Aber darin lagen nur ein abgefahrener Reservereifen und ein verrosteter Wagenheber, sonst nichts.

„Mist!", fluchte Welden und drückte den Verschlag wieder zu und setzte sich nach vorne ans Lenkrad, zündete sich mit dem Streichholz eine Zigarette an.

„Du bist irre, Mann", sagte Anett überzeugt. „Wie kannst du seelenruhig eine Zigarette qualmen, wenn über uns das Damoklesschwert schwebt. Die Cops sind nicht blöde. Sie werden uns ins Gefängnis werfen. Wir müssen Leine ziehen. Komm schon!"

Gedankenversunken stocherte Welden mit dem Rest des abgebrannten Zündholzes im randvollen Aschenbecher in der Mittelkonsole herum.

„Verdammt, Boy, ich will nicht im Knast landen", fuhr Anett ihn verärgert an und nannte ihn zum ersten Male beim Vornamen. „Dann verschwinde ich eben ohne dich!"

„Warte, eine Sekunde!" Verblüfft erblickte er den mattschimmernden, silbernen Gegenstand, der inmitten der Zigarettenkippen auftauchte. Er fischte ihn heraus und blies die darauf liegende schmutziggraue Asche fort.

Anett McCormick näherte sich einen Schritt. „Der Safeschlüssel", sagte sie beinahe andächtig. „Ich werde verrückt. Wir haben ihn!"

Leise lachte Welden und sein Gesicht wurde steinhart. Die Faust umschloss den kleinen Schlüssel und in den Augen flackerte die Flamme des Hasses. „Gehen wir!"

Unbehelligt konnten sie den Polizeihof verlassen und hatten das Glück auf der Houstenstreet ein Taxi zu erwischen.

Auf der Fahrt zum Subway West sprach Welden kein Wort. Immer wieder blickte er auf den Schlüssel in seiner Hand. Die Nummer 99 war darauf eingestanzt. Was wird er im Schließfach vorfinden? Ein wertloses Blatt Papier oder die Lösung aller Fragen? Wird er endlich den Namen von Grazia's Mörder erfahren?

Geistesabwesend blickte Welden durch die Seitenscheibe. Die vorbei kriechenden Häuserblocks, die Geschäfte und Bars, der Verkehrslärm, der Abgasgestank, die schiebenden Menschentrauben auf den Trottoirs, nichts von alledem nahm er wahr. Welden sperrte sich in sein Schneckenhaus ein und die Gedanken schweiften zu Grazia. Er konnte ihren grauenvollen Tod nicht verarbeiten. Wird er jemals vergessen?

„Subway West!", sagte der Taxifahrer und bremste sein Gefährt in zweiter Spur. Wütendes Gehupe, weil die Fahrzeuge hinter ihm notgedrungen anhalten mussten. Welden bezahlte und ohne sich um Anett McCormick zu kümmern, marschierte er zur Rolltreppe, die hinunter zum U-Bahnhof führte. Eilig hastete Anett ihm nach.

Er folgte den Hinweisschildern zum Schließfachdepot.

Hin und wieder drehte er sich unvermittelt um, aber er bemerkte keine Verfolger.

Am Depot angelangt suchte er das Fach 99. Der Schlüssel passte.

Wiederholt versicherte er sich, ob er beobachtet wurde und konnte nichts Auffälliges feststellen. Er entriegelte den Safe und nahm die Aktenmappe heraus.

Hinter ihm triumphierte Anett McCormick: „Wir haben es geschafft. Wir sind am Ziel!"

„Wir?", fragte er kalt. „Du irrst dich, Lady. Ich bin am Ziel!"

„Was soll das heißen, Mr. Welden?" entrüstete sich Anett und versuchte mit ihm Schritt zu halten, als er sich durch die hastenden Menschen einen Weg zum Ausgang bahnte. „Wir hatten eine Abmachung..."

„Eine Abmachung? Von was redest du, gottverdammt?" Rücksichtslos schubste er einen Mann zur Seite, der ihm zu langsam vorherging.

„Wir waren uns einig, wenn wir die Identität des unbekannten Auftraggebers lüften, dieser erstmals bezahlen muss. Wir erpressen ihn. Ich bekomme das Geld und du deine Rache. Erinnerst du dich?"

Sie fuhren mit der Rolltreppe wieder nach oben.

Am Treppenende wartete ein bärtiger Mann, der aufmerksam die hochsteigenden Passanten beäugte.

In Weldens Gehirn schellte eine Alarmglocke. Er wendete den Kopf und blickte nach unten. Dort stand ein weiterer Mann, die Hände in den Manteltaschen vergraben. Welden war in der Falle. Beide Treppengänge waren versperrt.

Unaufhaltsam beförderte ihn die Rolltreppe immer weiter nach oben. Noch hatte der erste Mann ihn nicht gesichtet. Welden wich eine Stufe zurück, rempelte eine hinter ihm stehende Frau an. Er entschuldigte sich und trat noch einen Schritt nach unten.

Argwöhnisch fragte Anett McCormick: „Was ist los, Welden?"

„Ich glaube, Larrs Männer haben uns in der Zange", raunte er, stieg noch eine Stufe zurück, griff zum Revolver im Hosengürtel.

Fortwährend transportierte die Treppe Welden und McCormick zur Erdebene. Die Fahrgäste vor ihm zerstreuten sich auf dem oberen Plateau in alle Himmelsrichtungen. In wenigen Sekunden war auch Welden oben angelangt.

Breitbeinig stellte sich der Gangster Welden und der Frau in den Weg und holte die Waffe aus dem Mantel, ungeachtet der Menschenmenge um ihn herum.

Schneller schoss Welden.

Erschreckter Aufschrei des Publikums, viele warfen sich zu Boden, hielten schützend die Hände über ihre Köpfe.

Getroffen wankte der Bärtige.

Bevor Welden sich umdrehen konnte, sagte eine emotionslose Stimme in seinem Rücken: „Gib auf, Schnüffler. Du hast das Spiel verloren." Der zweite Mann war sehr schnell von der unteren Treppenplatte nach oben gestartet.

Anett McCormick wusste nicht wie sie sich verhalten sollte. Bewegungslos stand sie neben Welden.

„Her mit der Tasche", befahl der Mann hinter dem Detektiv.

„Okay", sagte Welden, ließ instinktiv die Aktenmappe fallen und wirbelte um die eigene Achse.

Unwillkürlich glotzte der Mann auf die fallende Ledertasche. Als er den Fehler begriff, war es zu spät.

Welden schlug ihm den Revolverlauf an die Halskehle.

Da sprang ihn der verletzte Bärtige seitlich an. Geschickt wich Welden aus, rammte ihm das Knie in den Unterleib und warf ihn die Rolltreppe hinunter.

Dann wollte er sich nach dem Aktenkoffer bücken. Doch der war nicht mehr da. Vergeblich suchte er den schmutzigen Steinboden ab. Die Mappe blieb verschwunden. Ebenso Anett McCormick.

Verdammt, sie hatte ihn genarrt, war mit der Tasche abgehauen.

Er rannte durch die kreischenden Zuschauer, die planlos umherirrten.

Vor ihm flitzte Anett über die stark frequentierte Fahrbahn und vermischte sich unter die Passanten auf der anderen Seite.

Grimmig schluckte Welden die aufsteigende Wut und spurtete ebenfalls, ungeachtet des Verkehrs, über die Straße, hetzte dann bis zur Ecke Stillwellavenue, lief Richtung West 17 Street und suchend wieder zurück. Doch keine Spur mehr von Anett. Der Hexenkessel Brooklyn hatte sie verschluckt.

Schweratmend lehnte er sich an die Hausmauer und japste nach Luft, sammelte neue Kräfte.

Und dann - er traute seinen Augen kaum - fauchte ein roter Sportwagen aus einer Tiefgarage und fädelte in die Stillwell Avenue ein.

Am Steuer Anett McCormick. Dieses Satansweib hatte ihn ausgetrickst. Sie musste ihren Wagen heimlich in der Nähe der U-Bahn-Station geparkt haben. Von Anfang an spielte sie ein falsches Spiel.

Welden stürmte auf einen Taxistand zu, wo eine Fahrzeugschlange auf Fahrgäste wartete. Er riss den Verschlag des vordersten Wagens auf, packte den verdatterten Fahrer und schleuderte ihn auf den Gehsteig, kletterte selbst hinter das Lenkrad und startete los. Mit qualmenden Reifen driftete er in den fließenden Verkehr und zwang einen Ford Mercury zu einen halsbrecherischen Bremsmanöver.

Wild gestikulierend hüpfte der Taxibesitzer am Bordsteig umher und schimpfte wie ein Rohrspatz.

In abenteuerlicher Manier überholte Welden die vor ihm fahrenden Autos. Er bremste einen VW Käfer aus, drängte einen Chrysler aus der Kurve, bugsierte einen Kleinlaster gegen den Randstein. Er hatte nur eins im Auge. Den zweihundert Meter vor ihm fahrenden roten Jaguar.

Die Verkehrsampel schaltete auf Rot.

Spontan trat Welden das Gaspedal bis zum Anschlag durch. Wie eine Rakete rauschte der gelbe Taxiwagen über die Kreuzung.

Ein weiß uniformierter Verkehrspolizist trillerte aus Leibeskräften mit der Pfeife und sprintete zu seinem Motorrad.

Aber Welden achtete nicht darauf. Er hatte genug damit zu tun, das ausbrechende Automobil unter Kontrolle zu bringen, als er mit rauchendem Reifen und heulendem Motor in eine Kurve schlitterte und dabei den linken Kotflügel eines neben ihn fahrenden Fahrzeuges streifte. Der Lenker schickte ihm einen giftigen Blick herüber.

Der Abstand zu dem Jaguar verringerte sich auf hundert Meter.

Noch bemerkte Anett McCormick die Verfolgung nicht. Fast gemächlich kutschierte sie die Auffahrt zur Autobahn entlang.

Fünfzig Meter noch. Im Rückspiegel brauste der Polizist mit seiner Maschine heran.

Zwischen Welden und McCormick fuhren nicht mehr als drei Fahrzeuge. Er beschleunigte auf neunzig Meilen und setzte zum Überholen an.

Hinter ihm heulte die Polizeisirene.
Jetzt erst registrierte McCormick den Verfolger und steigerte die nun ebenfalls die Geschwindigkeit.
In rasender Fahrt erreichten sie die Autobahn nach Staten Island. Die Entfernung vergrößerte sich wieder. Welden drückte das Pedal bis zum Bodenblech nieder. Doch aus dem alten Motor war nicht mehr Power herauszukitzeln.
Aufgeregt blickte Anett über die Schulter, wollte sich vergewissern, ob es ihr gelang Welden abzuhängen. Ein Sekundenbruchteil war sie unkonzentriert. Und da passierte es. Der Wagen auf der rechten Spur, scherte aus und schlingerte auf ihre Fahrbahn. Um ihn nicht frontal zu kollidieren, überiss sie das Steuer und bremste reflexartig.
Welden stockte der Atem.
Die Räder des Jaguars blockierten und wurden unlenkbar. Der Wagen brach aus, schlenzte im hohen Tempo quer über den Highway und bohrte sich in die Leitplanke, überschlug sich und fing sofort zu brennen an.
Erst dreißig Meter nach der Unfallstelle gelang es Welden zu stoppen. Er sprang aus dem Taxi und rannte zurück.
Prasselndes Feuer loderte aus dem Motorenraum des zerknautschten Jaguars. Das blutige Haupt Anett McCormick ruhte auf dem abgeknickten Lenkrad. Durch die geplatzte Windschutzscheibe leckten die Flammen nach ihr.
Tatenlos und unbewegt und mit gebührendem Abstand staunten eine Menge unbeteiligter Zuschauer.
Der ankommende Verkehrspolizist stellte sein Motorrad ab und zwängte sich resolut durch die sensationslüsternen Gaffer.
Indessen bemühte sich Welden vergeblich die Wagentür aufzureißen. Die unerträgliche Hitze badete ihn in Schweiß. Zorn und Hilflosigkeit übermannten ihn. Wie sich die Szenen glichen. Er kämpfte dagegen an. Aber plötzlich glaubte er, dass Grazia im Fahrzeuginnern um ihr

Leben rang. Wie in Trance erlebte er noch einmal, wie Grazia verbrannte und er erfolglos ihren verkohlten Körper aus dem Flammenmeer bergen wollte.

Dann war der Schutzmann neben ihm und zertrümmerte mit dem Gummiknüppel die Fensterscheibe. Er langte nach dem inneren Türgriff. Von Welden fiel die Lähmung ab und er half dem Polizisten beim Aufstemmen der Tür.

Fest fasste Welden die leblose Frau unter den Armen und der Cop befreite die unten den Pedalen eingeklemmten Beine und gemeinsam schafften sie es, Anett McCormick aus dem Wrack zu befreien.

Aus weiter Ferne ertönten die Sirenen eines Krankenwagens.

Sie betteten die Schwerverletzte auf eine Wolldecke, die ein hilfsbereiter Passant ausbreitete.

Unruhig richtete Welden sich hoch.

„Was ist?", fragte der Cop. „Sie wollen doch nicht zum Auto zurück? Jeden Moment kann der Tank explodieren. Mann, sie riskieren ihr Leben!"

Aber Welden war bereits unterwegs. Er beugte sich in den raucherfüllten Fahrzeugraum.

Die Aktentasche, wo zum Teufel, war die Aktentasche?

Seine Hand rutschte über den Beifahrersitz.

Der Atem wurde schwer. Die Lungen keuchten gereizt und er hustete. Die Augen begannen zu tränen. Der rußige Rauch verdichtete sich. Aber Welden brauchte die Mappe. Er musste sie finden.

Gewaltsam zerrte ihn der Polizist aus dem Wagen.

„Was soll das?", röchelte Welden und schnappte nach Sauerstoff.

„Mann, weg hier! Gleich geht alles in die Luft!", prophezeite der Cop und schleppte ihn mit fort.

Der Kraftstofftank detonierte und die mächtige Druckwelle schleuderte beide Männer auf den Asphalt.

Als erster stand Welden wieder.

„Huii, das war knapp", schnaufte der Polizist erleichtert. „Wenn ich Sie im Auto gelassen hätte..."
„...dann könnten Sie jetzt meine Knochen einzeln einsammeln", ergänzte Welden. "Danke, Mann!"
Der Sanitätswagen traf sirenenheulend an der Unglücksstätte ein. Zwei Krankenpfleger eilten mit einer Tragbahre zu der Verwundeten. Der Polizist ließ Welden allein und organisierte den Abtransport. Achselzuckend wollte der zu dem Taxi gehen.
Jemand hielt ihn auf. „He, Mister! Was soll ich mit dieser Tasche? Sie flog aus dem kaputten Wagen direkt vor meine Füße."
Ungläubig schaute Welden sich um.
Ein Hippie mit wallender Jimmy Hendrix Frisur zeigte ihm eine angesengte Ledermappe.
Freundlich sagte Welden: „Gib sie mir. Ich werde die Mappe den Cops überreichen. Ich nehme an sie gehört der verunglückten Frau."
„Alles klar, Mister. Ich will mit den Bullen nichts zu tun haben. Die stellen andauernd dumme Fragen."
Welden klemmte die Aktentasche in die Armbeuge und ging ohne Hast zu dem geklauten Taxiwagen.
Wenig später bog er die Autobahnausfahrt bei der Narrowsbrücke ab und fuhr auf die 4the Avenue. Irgendwann lenkte er in einen Parkplatz.
Er zündete eine Zigarette an und öffnete die Aktentasche. Er nahm das einzigen Briefbogen in die Hand und begann zu lesen...

***

Im Hauptgebäude der New Yorker Times in der Wall-Street herrschte hektische Betriebsamkeit. Ein Kommen und Gehen, Rastlosigkeit, heilloses Durcheinander.
Um 15Uhr fragte ein Mann im saloppen Freizeitanzug am Informati-

onsschalter nach Sack Emath.
„Ich weiß nicht, ob er im Haus ist. Bei mir hat er sich nicht gemeldet", erwiderte die Gestresste. „Schauen Sie einfach in sein Büro! Fünftes Stockwerk!"
Gemächlich schlenderte der Mann zum Lift.
Auf der fünften Etage suchte er nach dem richtigen Eingang.
„Sack Emath – Kriminalreporter", las er vom Türschild ab und trat ein, ohne Anzuklopfen.
Ein nüchternes, unaufgeräumtes Büro. Auf den Tisch stapelten sich Berge von Akten und Büchern, Zeitungen und Illustrierten, dazwischen mehrere Telefonapparate, Tonbandgeräte und ein Transistorradio, an dem der Polizeifunk eingeschaltet war. Der an der Schreibmaschine tippende Mann unterbrach unwillig seine Arbeit.
„Störe ich etwa?", fragte der ungeladene Besucher.
Sack Emath lehnte sich im Stuhl zurück. „Mr. Jeck Born? Was verschafft mir die Ehre?"
„Hallo, Mr. Emath", grüßte Born. Provozierend hockte er sich auf die Tischkante und legte eine zusammengerollte Zeitung neben sein Knie.
Gelangweilt sah Sack Emath auf den Gegenüber und auf die Zeitung: „Was ist das?"
Lässig steckte sich Born eine Zigarette an und stieß den Rauch in Emaths knochiges Gesicht. Der zuckte mit keiner Miene.
„Ist eine alte Washington Post mit einem brisanten Artikel", sagte Born.
„Ach ja? Klingt hochinteressant!"
„Welchen Beruf übten Sie aus, bevor Sie Zeitungsmann wurden?"
„Das ist eine Ewigkeit her und geht Sie einen Dreck an!", konterte Emath.
„Sie waren vor 12 Jahren ein lausiger Artist, ein mittelmäßiger Messerwerfer, nicht wahr?"
Gekünstelt lachte Emath: „Was soll dieser Quatsch?"

„Am 12. Mai 53 passierte Ihnen ein Malheur. Sie waren bei einer Vorführung betrunken und nagelten ihre Partnerin mit dem Wurfmesser an die Drehscheibe."

„Was für eine blühende Phantasie. Sie sollten Märchenonkel werden."

„Der Unfall wurde totgeschwiegen. Sie verloren den Job und tauchten in New York unter. Einige Jahre später lernten Sie Jane Clairland kennen und fingen mit ihr eine Affäre an. Jane besorgte Ihnen eine Stellung als Berichterstatter bei der Times."

„Die Geschichte wird immer spannender", sagte Emath zynisch. „Was kommt als nächstes?"

„Sie zerstritten sich mit Jane und sie gab Ihnen den Laufpass. Und sie drohte Ihnen mit der Veröffentlichung Ihrer bewegten Vergangenheit. Das würde gleichbedeutend mit dem Verlust des Arbeitsplatzes sein."

„Woher nehmen Sie Ihre Weisheiten? Aus dieser vergilbten Zeitung?"

„Unter anderen", sagte Jeck Born und löschte die Zigarettenglut im Ascher. „Da steht ein netter Bericht über Sie mit einem schönen Konterfei von Ihnen. Vor zwölf Jahren haben Sie auch nicht besser ausgesehen wie heute."

Zornesröte übertünchte Emaths Gesicht: „Diesen Schwachsinn höre ich mir nicht länger an. Eine absurde Beschuldigung. Kein einziges Blatt schrieb jemals eine Zeile über mich, noch brachte es ein Bild von mir. Das war ein Unfall, wie er sich tausendmal ereignen kann. Verdammt..." Er stockte mitten im Satz, begriff seinen fatalen Lapsus. „Bluff, nichts als Bluff!"

„Eigentlich interessiert mich diese alte Kamele nicht", sagte Born. „Aber Ihnen unterlief ein Fehler. Sie töteten Jane Clairland, von der Sie jahrelang erpresst wurden. Der Mord war fast perfekt. Jedoch wurden Sie von Rachel Tyler beobachtet und ebenfalls erpresst. Daher musste sie auch beseitigt werden."

„Hirngespinste", lachte Sack Emath. Er holte aus einer Tischschubla-

de eine angebrochene Whiskyflasche und füllte das schmuddelige Wasserglas halbvoll. „Sie haben keinerlei Beweise, Mr. Born. Keine Beweise!" Er klappte den Deckelchen seines Siegelringes hoch, welchen er am linken Mittelfinger trug und schüttelte den pulverisierten Inhalt in den Whisky.
„He, was ist das?"
Rau erwiderte Emath: „Nur ein Kopfschmerzmittel! Völlig harmlos." Er schwenkte das Glas und das weiße Pulver vermischte sich mit der bernsteinfarbenen Flüssigkeit. „Ich sage es nochmals. Es gibt keine Beweise. Selbst wenn ich zugebe, dass mir vor zwölf Jahren dieser bedauernswerte Unfall widerfuhr. Meine Partnerin wurde wieder gesund. Nur weil ich mit dem Wurfmesser umgehen kann und Jane damit ermordet wurde, muss ich nicht auch der Täter sein."
„Natürlich nicht, aber da gibt es das Foto von Ihnen, das die Selbstauslösekamera beim Öffnen des Aktenschrankes von Ihnen knipste."
„Pure Phantasie", höhnte Emath. Aber sein Falkengesicht war aschgrau. "Da gab es keine Kamera im Schrank!"
„Ach ja, sind Sie sicher? Sie haben beide Frauen erstochen. Jane Clairland und Rachel Tyler. Und der Beweis ist hier." Born legte den Briefumschlag neben die Zeitung. „Darin ist das Bild von Ihnen."
Eigenartig desinteressiert sagte Emath: „Ich weiß, dass Sie bluffen, Mr. Born. Sie haben nichts in der Hand. Eine alte Zeitung, eine fehlende Akte, ein Phantomfoto von mir. Was für ein Blödsinn."
„Eine fehlende Akte?" hakte Born ein. „Wer sprach von einer fehlenden Akte? Ich habe sie nicht erwähnt. Woher wissen Sie?"
„Da ist doch egal. Ich weiß es eben." Emath spielte mit dem Glas Whisky vor seinen Augen. Die Stimme klang plötzlich müde, als er leise sagte: „Jane Clairland war ein Teufel in Menschengestalt. Eine Blutsaugerin, korrupt, machtgierig, sensationslüstern. Ich war in ihrem Spinnennetz gefangen. Sie hatte mich in der Gewalt. Ich musste alle ihrer perversen Wünsche erfüllen. Jedesmal wenn ich mich wei-

gerte, drohte sie mich wegen meiner Vergangenheit auffliegen zu lassen. Ich besaß keine Wahl. Ich musste sie töten um mich von ihr zu befreien. Es war ein guter Plan, Mr. Born. Ein Mord inmitten von sechzig, siebzig Gästen, die ausgelassen feierten und tanzten. Großartig!"

„Sie lauerten hinter dem Terrassenpfeiler und rammten die Klinge von hinten in Janes Herz!"

„Genau, aber meine Pechsträhne ging weiter. Rachel Tyler hatte mich beobachtet. Ich kam von Regen in die Traufe. Es war unglaublich." Deprimiert lachte Emath auf und trank vom Whisky. „Rachel übertraf Janes Abartigkeit. Sie war noch schlimmer und obszöner. Ich musste sie heimlich treffen, weil sie ja unter Polizeischutz stand. Sie war von Jane eingeweiht. Rachel war die gleiche infame Erpresserin. Sie wusste alles über mich. Sie hatte sogar eine Akte über mich geführt. Ich entschied auch sie zu töten. Ich wartete nur bis die Cops ihre Überwachung einstellten." Emath fixierte sein Gegenüber. „Und nun? Was werden Sie unternehmen, Mr. Born?"

Gelassen holte Jeck Born das eingeschaltete Minitonbandgerät aus der Sakkotasche. „Ich wollte nur ein Geständnis, weiter nichts. Das weitere obliegt der Polizei."

„Das Geständnis auf dem Tonband ist nichts wert. Es kann vor Gericht nicht gegen mich verwendet werden."

„Ich weiß", sagte Born.

Sack Emath leerte das Glas in einem Zug. Seine Miene entspannte sich. „Ich habe mich von zwei Vampiren entlastet. Was für ein Gefühl. Endlich bin ich wieder frei."

Ein vager Verdacht regte sich in Born. „Ist das wirklich nur ein Kopfschmerzmittel, das Sie da trinken?"

Gequält lächelte Emath: „Lediglich eine Nadelspitze Zyankali. Keine Sorge, in fünf Minuten bin ich tot!" Im Zeitlupentempo entfaltete er die alte Zeitung und fand den besagten Bericht. „Ich habe es mir ge-

dacht, da ist kein Bild von mir. Und ich nehme an in dem Kuvert ist auch kein Foto von mir. Richtig?"
„Sie haben recht, es war nur ein billiger Trick. Er hat aber geklappt. Ich rufe nach dem Notarzt."
„Bemühen Sie sich nicht. Mir hilft kein Arzt mehr." Emaths Gesichtszüge entgleisten. Das Gift vermischte sich mit seinem Blut und begann ihn langsam zu lähmen. „Es hat lange gedauert, bis Sie auf mich gestoßen sind. Aber Sie hatten nichts gegen mich in der Hand. Ich durchschaute Sie sofort. Nie hätten Sie von mir ein Geständnis bekommen, wenn ich nicht freiwillig mein Gewissen entlasten wollte. Jetzt fühlte ich mich richtig erleichtert. Mir geht es gut." Das leere Glas kullerte über den Tischrand und zerschellte am Boden. Sack Emaths Haupt kippte nach hinten über die Stuhllehne und Born schnappte nach dem Telefon.
„Policedistrikt 14, Sergeant Lui", meldete sich eine Stimme.
„Hallo, Sergeant", sagte Born. „Der Reporter Sack Emath hat sich eben in seinem Arbeitszimmer der New York Times das Leben genommen. Er tötete zwei Frauen und sah keinen Ausweg mehr. Beachten Sie bitte das zersprungene Glas. Die Restflüssigkeit enthält Zyankali. Ebenso finden Sie auf dem Tisch ein Tonband mit dem Geständnis des Toten."
„He, wer spricht dort? Wer sind Sie? Sagen Sie mir Ihren Namen?"
Jeck Born legte auf und ging aus dem Raum.

***

Am späten Nachmittag des gleichen Tages besuchte Jeck Born das Crazy-Girl. Das Lokal war noch geschlossen und er schlenderte um das Gebäude zum Hintereingang.
Im Rückhof stank es bestialisch nach Kot, verfaulten Essensresten,

schimmliges Obst. Eine Aschentonne war umgestürzt und der übelriechende Abfall verteilte sich über den ganzen Platz. Vollgefressene Ratten krochen bei hellem Tageslicht zwischen dem Müll umher, flitzten wie huschende Schatten über das Kopfsteinpflaster.

Jeck Born klopfte an der verwitterten Tür. Zweimal kurz, dreimal lang. Genauso, wie es ihm Larr verraten hatte.

Ein Zweimetermann in Blue Jeans und T-Shirt öffnete ihm.

Blitzschnell stieß ihm Born den Revolverlauf in den bretterharten Bauch und sagte freundlich: „Das ist eine Bleispritze Kaliber 45. Die wirbelt dir deine Eingeweide ganz schön durcheinander. Sei also folgsam."

Er drückte den menschlichen Gorilla in den Hausflur. „Wo ist Doreen Factha?"

„Kenn ich nicht", war die mürrische Antwort.

„Ich will wissen, wo ich Doreen finde", sagte Born und spannte den Colt. „Ein Mädchen, das so aussieht wie Brigitte Bardot."

Der Hüne verlor etwas Farbe um die Nasenspitze. Schnell sagte er: „Ach so, du meinst unser blondes Brigittchen. Warum sagst du das nicht gleich. Zimmer 13, erster Stock. Aber du wirst wenig Freude mit ihr haben. Brigittchen ist randvoll mit Kokain gefüllt. Wenn du scharf auf eine echte Französin bist, kann ich dir die rothaarige Madeleine empfehlen..."

Trocken sagte Born: „Danke für dein Angebot!" Und er kanonierte dem Muskelprotz den stählernen Revolverkolben an das Kinn.

Augenrollend krachte der Riese gegen die Wand.

Achtlos stieg Born über ihn hinweg.

Spaltbreit öffnete sich eine Wohnungstür und ein stark geschminktes Mädchen lugte neugierig in den Flur. „He, Junge, was machst du mit Herkules?" Lockend bot sie ihm Einlass. Sie trug lediglich einen winzigen Slip und ein durchsichtiges Nachthemdchen. „Komm zu mir, Süßer, ich zeige dir meine Briefmarkensammlung."

„Sittenpolice", schnarrte Born. „Das ist eine Razzia!"
„Scheiß Bulle, fick dich selber", verfluchte ihn das Mädchen und pfefferte die Tür zu.
Born grinste und trabte die Treppe zur ersten Etage hinauf.
Das Zimmer 13 war unverschlossen.
Eine fürchterliche Gestankswolke wehte ihm entgegen. Geruch von kalten Körperschweiß, Blut und Sperma und Urin. Nur mit Mühe gelang es Born den hochsteigenden Brechreiz abzuwürgen.
Der Raum war total abgedunkelt. Blind tapste Born zum Fenster, stolperte über einen gläsernen Gegenstand, der geräuschvoll davon rollte. Er schob die Vorhänge auseinander. Milchige Helligkeit brach durch die verschmierte Glasscheibe. Weit stupste er die Fensterflügel auf. Aber die stickige Luft, die vom Hinterhof hochbrodelte, war nicht viel besser als der widerliche Mief in diesen vier Wänden.
Eine heruntergekommene, billige Absteige. Ein windschiefer Blechschrank, im Eck ein aufgetürmter Berg dreckiger Wäsche. Über den ausgefransten Teppich verstreuten sich gebrauchte Präservative, ausgetrunkene Weinflaschen, zerrissene Zeitungen, ungewaschenes Plastikgeschirr, grünschimmeliges Brot. Kein Stuhl, kein Tisch, kein Bett. Nur eine verschlissene Matratze mit einer speckigen Wolldecke. Darunter winselte ein Lebewesen. Es hörte sich an wie ein gequältes Tier.
Born ließ sich neben der Matratze nieder und schlug die Decke auf.
Er erschrak. Vor ihm krümmte sich ein nacktes, bis zu den Rippen abgemagertes Mädchen. Eingerollt wie eine Katze. Fieber und Kälte beutelten den kalkweißen Körper. Verwelkte Haut, strähnige Haare, geschlossene Augen. In den Ober- und Unterarmen unzählige Nadeleinstiche, gleichwohl an den Innenschenkeln, zwischen den Fußzehen. Blutverkrustete, eitrige Wunden. In den Fingern eine Kokainspritze.
Behutsam lüftete Born ein Augenlid. Stumpfe, unnatürlich erweiterte Pupillen. Doreen Factha war nur noch ein menschliches Wrack.

'Ich muss sie aus diesem Loch wegbringen', dachte Born. 'Vielleicht ist es noch nicht zu spät. Vielleicht können die Ärzte noch etwas tun.' Mechanisch lud er das stöhnende Mädchen auf die Arme und wunderte sich über ihr leichtes Gewicht. Sie wog nicht mehr wie ein neunjähriges Kind.

Unvermittelt wachte Doreen auf und stammelte wirr: „Geh weg, lass mich in Ruhe, ich will nicht ficken. Ich will schlafen, einfach nur schlafen." Das Aufbegehren währte nur Sekunden, dann fiel sie wieder in Ohnmacht.

Mit dem Mädchen auf den Händen wandte sich Born den Ausgang zu.

Doch der war blockiert. Ein grauhaariger Mann im Rollstuhl, flankiert von zwei finstern Gesellen versperrte ihm den Weg.

„Sie haben sich etwas zu weit in die Höhle des Löwen gewagt, Mr. Born", sagte der Unbekannte blasiert. „Sie könnten gefressen werden."

„Wie prosaisch", spottete Born und seine Stimme verriet keine Besorgnis.

„Sie haben unbefugt mein Haus betreten um ein Mädchen zu entführen. Ich könnte Sie töten ohne vom Gesetz belangt zu werden. Also legen Sie die Kleine wieder auf die Matratze."

Schweigend gehorchte Born. Dann ging er einen Schritt zurück. „Wer sind Sie?" fragte er.

„Da Sie nicht mehr allzu lange leben werden, kann ich mich ja vorstellen", erwiderte der Grauhaarige im Rollstuhl. „Mein Name ist Casper de Sallab."

„Donnerwetter", tat Born erstaunt. „Wieso kriechen Sie aus Ihrem Mauseloch? Was ist der Grund? Bekommen Sie den kalte Füße?"

„Sie sind etwas keck, lieber Freund", sagte Sallab. „Warum sollte ich kalte Füße bekommen? Ich bin ein unbescholtener Geschäftsmann."

„Davon bin überzeugt", lächelte Born. „Wer ist das arme Geschöpf?

Ist das Doreen Factha? Aus welchem Motiv lebt sie noch? Warum haben Sie das Mädchen nicht getötet, so wie ihren Mann George? Sie haben Ihn doch niederschießen lassen, oder?"

„Gute Frage, Mr. Born." Sallab schob die Hand in das Jackett. „Eigentlich weiß ich auch nicht warum das Flittchen noch lebt. Sie ist unnütz, erarbeitet kein Geld mehr, kein Mann will sie noch vögeln. Ihr Körper ist vom Rauschgift zerstört. Doreen war einmal ein wunderschönes Mädchen. Jetzt ist es nur ein Haufen Abfall. Ich werde sie von ihrer Qual erlösen." Er zückte den Revolver, zielte kurz und drückte ab. Die Kugel durchschlug den Mädchenkopf und das Blut spritzte an Borns Hosenbein.

Ungläubig starrte Born auf den Mann im Rollstuhl, der gerade einen unvorstellbaren kaltblütigen Mord begangen hatte und nun die Waffe gegen ihn schwenkte.

Sein Colt steckte im Halfter an der Hüfte. Meilenweit von seiner Hand entfernt.

„Ich überlege gerade", sagte Sallab. „Ob Sie hier abknalle oder Sie lebendig mit einzementierten Füßen zu den Fischen in den Hudson River schmeiße."

„Schwere Entscheidung", musste Born zugeben.

Ungeduldig befahl Sallab: „Jungs, legt das Arschloch um und werft den Kadaver in den Fluss."

Eine fremde Stimme hinter ihm sagte: „Das würde ich nicht tun!"

Mit einer kraftvollen Bewegung drehte Sallab den Rollstuhl um 180 Grad. Direkt vor ihm stand ein mittelgroßer, hagerer Mann und richtete beidhändig einen 38er Colt auf ihn. Brandfleckiges Marmorgesicht, eisblaue, rachelüsterne Augen.

„Was soll das, zum Satan? Wer sind Sie?" grollte Sallab. Die Hand mit dem Revolver ruhte in seinem Schoß.

„Ich bin Steven B. Welden", sagte der Mann vor ihm. Und der Colt wankte keinen Millimeter. „Ich bin der Mann, dessen Frau du gekillt hast. Ich bin der Mann, den du seit vier Wochen vergeblich zu töten versuchst. Cherman Larr schaffte es nicht, Rock Sander schaffte es ebenso wenig. Und nun bin ich der Mann, der dir dein Scheißgehirn aus den Schädel bläst."

Die bewaffneten Begleiter von Sallab waren sich unschlüssig. Sie wussten nicht, wie sie sich verhalten sollten. Ihre Blicke schweiften von Welden zu Born und dann zu Sallab und wieder zurück. „Sollen wir ihn abknallen, Mr Sallab?" fragte einer unsicher.

Wütend fauchte der Grauhaarige: „Schwachköpfe, seht ihr nicht, dass er die Knarre auf mich hält. Wollt ihr, dass er mich umlegt?"

„Versucht es nur", ermunterte Welden die Männer. „Versucht es und euer Boss landet in der Hölle." Frostig lächelnd presste er die Revolvermündung an Sallabs Stirn. „Warum musste Grazia sterben? Sage es mir, Sallab, was hat sie dir angetan, dass sie sterben musste?"

Sallab schwieg. Kleine Schweißperlen tropften aus den silbergrauen Haarwurzeln über seine Schläfen.

Vernehmlich knackte der Colt, als Welden den Hahn spannte.

Sallab schwitzte aus allen Poren. Er schluckte und vergaß zu atmen.

Besorgt sagte Born: „Tu es nicht, Boy. Er ist die Kugel nicht wert. Überlass ihn den Geschworenen. Er wird auf dem elektrischen Stuhl schmoren."

„Den Geschworen überlassen?" höhnte Welden. „Damit ein korrupter Anwalt ihn freipaukt? Nein, niemals. Er gab Grazia keine Chance und ich werde ihm auch keine geben."

Jeck Born schüttelte den Kopf: „Er wird der Gerechtigkeit nicht auskommen. Er tötete vor meinen Augen ein hilfloses Mädchen. Er erschoss Doreen Factha wie ein Stück Vieh. Eine Patrone ist ein zu schneller Tod für den Bastard."

Welden ignorierte ihn und flüsterte Sallab ins Ohr: „Sage mir warum Grazia sterben musste..."

„Ich habe nichts damit zu tun..."

Bösartig lachte Welden auf: „Kompliment, du hast Nerven wie Drahtseile." Blitzschnell drückte Welden den Revolver an Sallabs Schulter und feuerte.

Schmerzgepeinigt brüllte Sallab.

„Boy, bist du übergeschnappt?" schrie Born entsetzt.

Unbeeindruckt krallte Welden die Hand um Sallabs Schulterblatt und bohrte den Daumen in die blutende Wunde.

Sallab bis sich vor Schmerz in die Unterlippe. Kein Laut drang aus seinem Mund. Die Gesichtsfarbe wurde käsebleich.

„Warum starb Grazia?" fragte Welden stur.

„Leck mich am Arsch", stöhnte Sallab.

Brutal trieb Welden den Daumen tiefer in den Wundkanal. Sallab verdrehte die Augen.

„Hör auf, Boy! Vielleicht ist Sallab gar nicht dein Mann", rief Born.

„Er ist es. Er ist der Drahtzieher. Ich habe das Geständnis von Henry Wonda. Rock Sander hatte es aus ihm heraus geprügelt, bevor er ihn eliminierte. Wonda benannte Sallab zudem auch des Mordes an der Ehefrau seines Bruders Rick."

„Eine infame Verleumdung", keuchte Casper de Sallab. „Wie sollte ich das bewerkstelligen? Ich bin ein Krüppel."

„Ihr Bruder Rick erwischte Sie mit seiner Frau im Hotelbett. Es kam zum Streit. Rick verprügelte seine Gattin grün und blau und rannte dann aus dem Zimmer. Sie wollten der Geschlagenen helfen und wurden jedoch von ihr übel beschimpft. Es fielen Worte wie Schlappschwanz und Versager. Daraufhin verloren Sie die Nerven und erdrosselten die Frau. Aber Sie hatten Pech. Der Nachtportier Wonda war Zeuge der Tötung. Sie bezahlten ihm 5000 Dollar Schweigegeld und sorgten dafür, dass er gegen Ihren Bruder aussagte."

„Die Sache ist vom Tisch. Mein Bruder wurde rechtskräftig zum Tode auf dem elektrischen Stuhl verurteilt. Die Gerechtigkeit nimmt ihren Lauf. Auch die Hure hat ihren Tod verdient. Die geile Schlampe lockte mich in ihr Bett und versuchte vergeblich meine Männlichkeit hochzublasen. Sie wollte es unbedingt einmal mit einem Krüppel treiben. Rick überraschte uns dabei. Er schlug sie und sie lachte dabei. Als er weg war, verhöhnte sie mich. Dann sah ich rot..."

„Das ist eine banale Auseinandersetzung unter Brüdern. Es geht um Neid und Hass", sagte Welden. „Es geht um Frauen, um viel Geld im Rauschgifthandel, um Machtansprüche der Prostitution und des Glücksspieles. Sie wollten mit ihrem Bruder nicht mehr teilen. Sie wollten der neue König von New York werden." Langsam zog er den Daumen aus der immer stärker blutenden Wunde heraus.

Hastig versuchte Sallab mit seinem Einstecktuch den Blutstrom zu stillen. Schleppend sagte er: „Anfangs waren die Kompetenzen klar abgegrenzt. Rick war für die Nutten und das Glücksspiel zuständig und ich für den Heroinhandel. Alles klappte reibungslos, bis sich dieser Narr in die Hure Rosanna vergaffte und sie heiraten musste. Er war ihr rettungslos verfallen und machte sich zum Gespött unserer Leute. Sie setzte ihm Hörner ohne Ende auf und er merkte es nicht. Auch ich bumste sie. Aber sie sagte zu Rick, ich hätte sie vergewaltigt. Der Idiot glaubte es ihr und beauftragte einen Killer um mich umzulegen." Bitter lachte Sallab: „Der eigene Bruder sorgte dafür, dass ich zum Krüppel geschossen wurde. Was für eine Ironie. Dafür tötete ich seine Schlampe und schickte ihn auf den elektrischen Stuhl."

„Wie geriet Grazia in dieses tödliche Spiel? Warum ihr sinnloser Tod?"

Einer der Leibwächter glaubte, jetzt wäre der Moment um einzugreifen. „Ende mit dem unsinnigen Gefasel", schnarrte er und griff zur Waffe.

Eiskalt schoss Welden. Er traf den Gangster tödlich im Kopf.

Bevor der andere Killer den Revolver heben konnte, wurde er von Born in Schach gehalten. „Ich würde lieber nicht schießen, es sei denn, du hängst so wenig am Leben wie dein Kumpel!"

Wachsbleich legte der Mann das Eisen auf den Fußboden.

„Braver Kerl", sagte Born.

Indessen richtete Welden die Mündung wieder auf Sallab. Dessen Hand mit der Waffe im Schoß hatte nur geringfügig gezuckt.

Unregelmäßig atmete Welden. Die Backenknochen mahlten, die Lippen zitterten, die Gletscheraugen verengten sich. Der Zeigefinger krümmte sich um den Abzug.

Eindringlich sagte Born: „Tue es nicht, Boy. Töte ihn nicht. Das ist der falsche Weg." Er ahnte, Welden stand kurz davor auszurasten. Ein unbedachtes Wort nur, eine irritierende Geste und er würde Sallab exekutieren.

„Er hat kein Recht zu leben", murmelte Welden.

Der Grauhaarige im Behindertenstuhl stellte das Atmen ein.

Die Nerven zum Zerreißen gespannt, ging Born auf Welden zu, einen Schritt, und noch einen Schritt.

„Bleibe stehen, Freund Jeck", bremste ihn Welden. „Du kannst ihn nicht retten."

Sofort verharrte Born auf der Stelle: „Ich will dieses Schwein nicht retten. Meinetwegen knalle ihn ab. Aber du wirst dich hinterher nicht besser fühlen. Es wird sich nichts verändern. Grazia wird dann immer noch tot sein."

„Oh, gottverdammt, Jeck, ich muss ihn töten..." Der seelische Schmerz tobte sichtbar in Weldens Gesicht. „Er hat Grazia auf dem Gewissen. Er muss sterben."

„Ich kenne den Schmerz, der dich zerrüttet. Trotzdem..."

„Wirklich? Du glaubst meinen Schmerz zu kennen?" Verbittert starrte ihn Welden an. „Woher zu Teufel, willst du die Hölle in mir kennen? Wer bist du, Jeck? Der liebe Gott?"

Krampfhaft quetschte Casper de Sallab das blutfeuchte Tuch an die Schusswunde. Er hielt die ungeheure psychische Belastung nicht länger aus. Hastig stammelte er: „Der Tod Ihrer Frau war ein Unglück. Der Anschlag galt Ihnen. Eigentlich begann es damit, dass Doreen ein Gespräch zwischen mir und Calluzzi belauschte. Es ging um eine Rauschgiftlieferung. Dieses blöde Weib wollte uns tatsächlich erpressen. Sie forderte 20 000 Dollar. Angeblich war ihr Mann George eingeweiht und würde einen Privatdetektiv einschalten, sollte ihr was zustoßen. Die Hure war wirklich strohdumm. Wäre Sie als Brigitte Bardot nicht so begehrt gewesen, hätte ich sie schon lange im East River versenkt..."

„Das interessiert mich nicht", sagte Welden monoton.

„Ich hielt Doreen im Zimmer gefangen, beruhigte sie mit Heroin und schickte ihr die Freier. Ihren Mann ließ ich beschatten. Wir folgten ihm, als er Sie aufsuchte und als er aus dem Haus kam, erschossen wir ihn auf der Straße. Wir wussten auch, dass meine Nichte Laila bei Ihnen war. Allerdings wussten wir nicht, wieweit Sie informiert waren. Als mussten Sie ebenso beseitigt werden. Doch mit der Autobombe hatte ich nichts zu tun."

„Doch den Wagen startete nicht ich, sondern Grazia", stöhnte Welden. „Du verfluchter Bastard, ich lehnte beide Aufträge wegen Mangels an Interesse ab. Weder Factha noch Laila konnten etwas Detailliertes vorbringen. Es gab nicht den geringsten Anlass mein Fahrzeug in die Luft zu jagen." Der Hass überwältigte ihn und der Finger am Abzug bog sich. „Lebe wohl, Mr. De Sallab!"

„Nicht, Boy!!!" schrie Born und hechtete vorwärts und schlug im letzter Sekunde Weldens Unterarm nach oben. Krachend entlud sich die Waffe und das Blei strich einen blutigen Scheitel durch Sallabs silbergraue Haare.

„Verdammt, was soll das?" bellte Welden unbeherrscht und versuchte noch einmal abzudrücken.

Geistesgegenwärtig schmiedete Born ihm die Faust an das Kinn. Welden strauchelte und sank angeschlagen in die Knie.

Diese günstige Gelegenheit nützte De Sallab zur Flucht. Er trieb den Rollstuhl über die Türschwelle in den langen Ausgangs. Er vermehrte das Tempo und das Gefährt schlingerte in Richtung Treppe.

Hinter ihm kniete Welden und zielte beidhändig auf die fliehende Gestalt. Über Kimme und Korn fing er Sallabs Nacken ein. Der Abstand wuchs schnell auf zehn, fünfzehn Meter an.

Gehetzt blickte sich Sallab um, bemerkte Welden und die auf ihn gehaltene Waffe. Er war noch lange nicht aus der Gefahrenzone. Panikartig kurbelte er die Räder an und die Geschwindigkeit erhöhte sich rapide. Er hatte nur noch einen Gedanken im Kopf: Weg, weg von diesem Teufel, der ihm das Leben auslöschen wollte.

Der Treppenabgang raste ihm entgegen. Viel zu spät wendete Sallab den Kopf nach vorne. Er starrte ins Nichts. Die Hände griffen in die Radbremse. Doch der Rollstuhl hatte schon den Boden verlassen und katapultierte durch die Luft. Unter ihm verschwand die Stiege. Für Sekunden flog Sallab wie schwerelos zwischen Raum und Zeit.

Nach und nach ließ Welden den Revolver sinken.

Getrennt torpedierten Sallab und sein Gefährt ins Erdgeschoß hinunter. Entschwanden aus dem Blickfeld. Der Behindertenstuhl hüpfte allein von Stufe zu Stufe abwärts, zerlegte sich krachend in seine Bestandteile.

Ein hässliches Geräusch ertönte, als Sallabs massiger Körper im Parterre aufklatschte. Danach war Stille. Die jäh durch einen peitschenden Knall unterbrochen wurde.

„Was war das?" Konsterniert schaute Born auf den knienden Welden.

„Was siehst du mich an? Ich habe nicht geschossen!", erwiderte der.

Aus dem Zimmer stürmte der zweite Leibwächter und feuerte auf Welden. Aber er war zu aufgeregt und verfehlte diesen.

Welden und Born schossen gleichzeitig und ihre Kugeln durchsiebten den Gangster.

Danach rannten beide zum Flurende und blickten die Treppe hinunter.

Auf den kalten Steinkacheln des Erdgeschosses flackte Sallab mit grotesk verrenkten Gliedmaßen, von einzelnen Rollstuhlteilen überdeckt.

Gleichmütig sagte Welden: „Er hat sich endgültig den Hals gebrochen."

„Aber da war ein Schuss", erinnerte ihn Born. „Irgendwer hat ihn abgefeuert. Doch ich sehe niemanden außer uns und den Toten."

Seite an Seite stiegen sie die Stufen hinab.

Bedächtig bückte sich Born zu Sallab. Unter dessen Hinterkopf bildete sich eine große Blutpfütze. Äußerst vorsichtig hob er den Schädel an. „Scheiße!" entfuhr es ihm und eklig berührt zog er die Hand zurück. Da klebten blutige Haarbüschel und winzige rote Fleischpartikel daran. Angewidert wischte er die Hand an der Jacke von Sallab ab. „Scheiße, jemand hat ihm eine Kugel durch das Gehirn gejagt."

Übermüdet hockte sich Welden auf die unterste Stiege und musterte desinteressiert den Leichnam. „Was soll's? Das Schwein ist tot, nur das zählt für mich. Da wollte einer hundert Prozent sicher sein, dass er den Sturz nicht überlebt. Na und?"

„Dann bist du aber vielleicht im Irrtum. Und Sallab war gar nicht der große Big Boss. Es gibt noch einen unbekannten Drahtzieher. Und der hat dafür gesorgt, damit Sallab nicht mehr reden kann."

„Das spielt für mich keine Rolle. Sallab hat zugegeben, er war für Grazias Tod verantwortlich. Das zählt. Damit ist die Sache für mich erledigt. Sallab ist verreckt. Großartig!"

„Das hatte er nicht zugegeben", widersprach Born. „Sallab sagte, er hätte mit der Autobombe nichts zu tun."

Draußen auf den Straßen erschallten die rasch näherkommenden Sirenen mehrerer Polizeiwagen.

„Wenn es aber doch noch einen Mann im Hintergrund gibt, dann bist „Du ist weiterhin in Gefahr", gab Born zu bedenken. „Dann ist die Geschichte keinesfalls zu Ende."

Laut und schrill tönten die Einsatzsirenen im Hinterhof.
Gleich darauf stürmten acht schwerbewaffnete Polizisten in das Treppenhaus und verteilten sich blitzschnell. Dahinter folgten zwei Männer in Zivil. Lieutenant Hoogan und Sergeant Steel.
„Was ist passiert? Kann mich einer der Anwesenden aufklären?" fragte Hoogan.
Die Gefragten antworteten nicht.
Nun wandte sich Hoogan direkt an den auf dem Stufenabsatz sitzenden Welden: „Tag, Mr. Welden, Sie sorgen wahrlich für aufregenden Stunden in unserer Metropole. Leichen pflastern Ihren Weg. Geht diese auch auf Ihr Konto?"
„Nein", knurrte Welden. „Der Mann stürzte sich selbst vom oberen Treppengeländer, brach sich das Genick und jagte sich anschließend eine Kugel in die Birne."
„Jungs, durchforstet mal den ersten Stock, aber seit vorsichtig", befahl Hoogan zwei seiner Männer und wieder zu Welden: „Ich kenne Ihren prächtigen Humor bereits. Wer ist der Tote und was ist mit ihm geschehen?"
„Das ist Casper de Sallab. Nachtclubbesitzer und Rauschgifthändler und der Mörder meiner Frau. Was passiert ist habe ich Ihnen schon gesagt. Er fiel vom Obergeschoß und brach sich den Hals. Zusätzlich wurde er noch erschossen. Keine Ahnung von wem."
Misstrauisch sagte Hoogan: „Ist das wieder einer Ihrer erfundenen Storys? Ich vermute eher, Sie knallten den armen Kerl ab."
Die beiden Cops hatten das erste Stockwerk durchsucht und standen nun am Treppenabgang. Einer sagte laut: „Hier oben liegen drei Tote, Chef. Ein Mädchen, wahrscheinlich eine Nutte. Kopfschuss. Dann noch zwei Männer. Einer abermals mit Kopfschuss hingerichtet. Der andere hat eine volle Salve abbekommen."
Jeck mischte sich ein: „Das Mädchen ist die vermisste Doreen Factha. Vor wenigen Minuten wurde sie von Sallab getötet. Hoogan, Sie

werden einen Revolver bei ihm finden. Ihre Ballistiker stellen bestimmt schnell fest, die Kugel in Doreens Kopf stammen aus dieser Waffe. Die beiden toten Männer, waren Sallabs Leibwächter und wurden in Notwehr von Boy und mir erschossen."

„Phantastisch, was für eine logische Erklärung. Einfach genial", musste Hoogan anerkennen. „Ein richtiges Schlachtfeld haben wir da. Und es scheint, als sterben die Sallabs allmählich aus."

„Wie das?" fragte Born.

„Na ja, gestern verblutete Rick de Sallab in seiner Gefängniszelle. Ein Wärter schlug ihn nieder und schlitzte ihm die Pulsadern auf. Es sollte wie ein Selbstmord aussehen. War jedoch sehr dilettantisch ausgeführt. Und heute Morgen die Nachricht, auch Laila de Sallab wurde Opfer eines Anschlages. Gleichfalls niedergeschlagen und die Pulsadern aufgeschnitten. Die Ärzte kämpfen um ihr Leben."

„Wie ich Sie kenne, Hoogan, haben Sie keine Ahnung über die oder den Täter. Oder doch?" fragte Welden anzüglich.

„Nein, aber wir werden ihn fassen", sagte Hoogan.

„Da freue ich mich aber..."

„Vielleicht tötete der selbe Mann auch Casper de Sallab?" argwöhnte Born. „Er will die Drogengeschäfte übernehmen."

„Quatsch, es gibt keinen anderen Schuldigen als Casper de Sallab", tat Welden mit einer Handbewegung ab. „Er ist der Alleinschuldige."

„Und wer schoss ihm in den Kopf?"

„Was weiß ich, ist mir auch egal", sagte Welden starrsinnig.

„Und wenn ich doch recht habe?", blieb Born genauso stur. „Die hast zwar das Geständnis von Henry Wonda. Aber der wusste mit Sicherheit auch nichts über eventuelle Hintermänner. Er war nur mit Casper in Kontakt. Der bezahlte ihn für seinen Meineid vor Gericht."

Angestrengt überlegte Welden. Er schrubbte mit der Hand über sein borstiges Kinn. Möglicherweise hatte Jeck Recht und es gab tatsächlich noch einen Unbekannten, der im Hintergrund die Fäden zog. „Ich

bin müde", sagte er plötzlich. „Ich brauche einen Whisky und ein weiches Bett. Ich fahre nach Hause. Ist das gestattet oder bin ich verhaftet, Lieutenant?"
„Meinetwegen, aber besuchen Sie mich morgen im Büro. Dort fertigen wir dann ein schriftliches Protokoll an. Und bringen Sie die geheimnisvollen Notizen von Henry Wonda mit."

***

Ein karges Notlicht leuchtete den menschenleeren, schmalen Flur aus. Langsam schlich eine schlanke Gestalt den Korridor entlang und projektierte einen bizarren Schatten an die weiße Wand. Die Hände waren tief in den weiten Manteltaschen versenkt, der mächtige Schlapphut weit in die Stirn gezogen und die festen Schritte verschluckte der abgetretene Teppichläufer.
Vor jedem Zimmereingang blieb die mysteriöse Person stehen und studierte den angeschraubten Glaskasten mit den Namen der Kranken.
Schließlich erreichte die Silhouette die letzte Tür am Ende des Ganges.
Eine Minute stand sie wie angewurzelt.
Eine weitere Minute verstrich. Die finstere Gestalt schien zu Fels geformt. Dann schlüpfte eine Hand aus der Manteltasche und drückte die Türklinke. Noch einmal einen wachsamen Blick in den Flur. Wie ausgestorben das Gebäude.
Der Eindringling schlängelte sich so geräuschlos wie er konnte in den Raum. Leise schloss er die Tür hinter sich. Für einen Moment hielt er die Luft an und lauschte in die Dunkelheit. Die Augen gewöhnten sich schnell an die Schwärze.
Das Zimmerfenster war weit offen und ein kühler Nachtwind blähte die Gardinen auf. An der Mauer skizzierte sich der Umriss eines Bettgestelles. Schemenhaft erkannte der Einbrecher ein schlafendes Sub-

jekt. Unmittelbar daneben ragte ein Metallständer hoch, an dem mehrere Infusionsflaschen hingen und von denen dünne Plastikschläuche zu dem Bettlägerigen führten.

Unter dem Schlapphut ertönte ein verhaltenes Lachen. Gemächlich montierte der Unbekannte den Schalldämpfer auf die Pistolenmündung. „Gute Nacht, schöne Lady Anett McCormick", sagte er genüsslich und feuerte die Kugeln in die schwarze Haartracht. Die Mähne wirbelte in der Luft, Daunenfedern tanzten aus dem aufgeplatzten Kopfkissen.

Unangenehm überrascht trat der Killer an das Bett. Er schnappte nach dem Haarschopf und merkte im gleichen Moment, dass er eine Perücke hochhielt. Die Liegestatt war leer. Das eingerollte Laken täuschte im Zwielicht einen schlummernden Körper vor. „Eine gottverdammte Falle", funkte sein Gehirn und er machte eine geschmeidige Kehrtwendung.

Da flammte die Deckenlampe auf. Die unerwartete Helligkeit blendete den Mörder und er schirmte die Augen mit der Hand ab.

„Hier endet dein wertloses Leben, Nick Collins", sagte ein frostige Stimme von irgendwoher. „Du stehst da, wie bestellt und nicht abgeholt."

„Steven B. Welden? He, wo steckst du?"

„Ich bin hier!" Hinter dem Kleiderschrank glitt Welden hervor. Die Hand mit der Waffe hing locker herunter.

„Hallo, großer Detektiv", grüßte Collins.

Unbewegt sagte Welden: „Deine Freunde Casper und Rick de Sallab sind tot. Aber ich nehme an, das weißt du längst. Nur bei Laila geht dein Plan nicht auf. Sie überlebte den Mordanschlag und wird gegen dich aussagen."

„Mir schlottern die Knie. Die Geschworenen werden sich krank lachen."

„Du warst im Parterre, als Casper durch die Luft segelte. Hast du ihm den Gnadenschuss gegeben?"

„Es ist nicht schade um ihn. Ich war zur richtigen Zeit am richtigen Ort. Ich war mir nicht ganz sicher, ob der Sturz tödlich für ihn war. Daher erschwerte ich seinen Schädel mit einer Unze Blei.- Sag mal, wo hast du die Lady versteckt?"

„Anett wurde vorsorglich auf eine andere Station verlegt. Mir war klar, du wirst hierher kommen. Anett war das letzte Glied in der Kette. Du hast leider eine Perücke totgeschossen."

Collins zuckte nur mit der Schulter. „Na ja, nicht jedes Mal klappt alles so, wie es soll. Du bist ein smarter Detektiv und besitzt wohl sieben Leben. Ich gebe zu, ich habe dich unterschätzt."

„Wer gab den Befehl die Bombe in meinem Wagen zu zünden? Du oder Casper de Sallab?" fragte Welden.

„Casper war ein verbitterter Krüppel. Er wollte nur eines. Nämlich den gehassten Bruder Rick auf dem elektrischen Stuhl sehen. Casper glaubte der große Boss zu sein. In Wirklichkeit war er nur eine Marionette in meinen Händen."

„Also bist du der Verantwortliche", lokalisierte Welden sachlich. Und nichts in seiner Miene verriet, wie sich im Innern der mörderische Hass schürte, wie die Glut zur Flamme wurde und ihm die Eingeweide verbrannte. „Was war mit Laila de Sallab? Tötete sie Calluzzi?" Die Antwort bedeutete ihm wenig. Er versuchte lediglich sich abzulenken und den Abscheu zu unterdrücken.

Leichthin sagte Collins: „Natürlich nicht. Calluzzi wurde zu geldgierig. Er wollte ein größeres Stück von der Torte. Ich war gerade auf der Toilette, als Laila wie ein Racheengel in das Büro schwebte und den Italiener bedrohte. Sie feuerte mehr aus Verzweiflung als aus Berechnung. Leider traf sie Calluzzi nicht richtig. Aber das erledigte ich danach. So lieferte ich den Bullen auch noch eine Tatverdächtige."

„Kein schlechter Schachzug. Bedauerlicher Weise kam Isabell Rigth dazwischen..."

„Sie bekam den Mord nicht mit. Sie ertappte mich nur, wie ich nach Laila aus dem Büro huschte. Ich überzeugte sie, dass Laila den tödlichen Anschlag beging. Ich brauchte ihr nicht einmal Geld anzubieten. Erst als ich dich mit Isabell an der Bar plaudern sah, plagten mich ernsthafte Bedenken und ich gab die Anweisung sie zu beseitigen."
„Das tat dann Rock Sander?"
„Korrekt!"
„Rechtsanwalt ist eine gute Tarnung für einen Gangsterboss. Collins, der Mordauftraggeber, der Rauschgifthändler und der Mörder."
„Dieser kindische Bruderkrieg versaute mir alles. Ich war im Begriff einen gigantischen Drogenring in New York aufzubauen. Ein Milliardengeschäft. Ich wäre größer als Al Capone geworden. Ich hätte den ganzen Handel kontrolliert."

Voller Abscheu sagte Welden: „Dein Luftschloss ist geplatzt wie eine Seifenblase. Du bist krank im Kopf, Collins. Du bist nur ein Stück Scheiße!"

„Du kannst mich nicht beleidigen, Schnüffler", lachte Collins unbefangen. Verspielt wog er die Beretta in der Hand, lockerte den Schalldämpfer und befestigte ihn wieder. „Als deine Frau in den Wagen stieg", redete er im Plauderton und jedes Wort traf Welden wie ein Pfeil ins Herz, „...verweilte ich am Balkon des Nachbarhauses und beobachtete mit dem Fernglas wie die Bombe ihren Körper zerfetzte. Das war zwar nicht so geplant, denn eigentlich solltest du in die Luft gesprengt werden. Aber was soll's, ein Kollateralschaden."

Der rasende Puls sprengte Weldens Kopf. Plötzlich tauchte Collins in ein Meer von sprudelndem Blut ab. Das Krankenzimmer verwandelte sich in feuerrotes, gleißendes Schwefellicht. Der gebündelte Strahl kreiste turbinenartig um Welden herum, entzog ihm den Boden unter den Füßen und er verlor den Verstand.

Perfide grinsend schoss Collins. Doch das Blei streifte nur Weldens Wange und malte einen blutigen Strich in die Haut.

Aufrechtstehens feuerte Welden zurück. Er erkannte nur noch einen verzerrten Schatten. Alles um ihn herum war grell und blutrot eingefärbt und blendete ihn. Aber unbeirrt schoss er weiter, bis der Revolver leer war.

Teilnahmslos hockte Collins am Fußboden, den Rücken an die Wand gelehnt. Sein Oberkörper war von acht Einschüssen zerfetzt und das Blut sprudelte wie durch ein Sieb hervor.

Hölzern schritt Welden auf ihn zu und blickte auf ihn hernieder.

Neugierig hob Collins den Kopf. Er war nicht tödlich getroffen und bei klaren Bewusstsein. Aber der rapide Blutverlust schwächte ihn. Er sagte: „He, Welden, wir hätten Partner werden sollen. Wir wären ein unschlagbares Gespann geworden. Du bist einer wie ich. Auch du tötest um jeden Preis."

„Ich bin nicht wie du", sagte Welden kalt. „Du bist nur Abschaum und gleich bist du tot!" Er legte die Revolvermündung an Collins Nasenwurzel und drückte ab. „Klick!" tönte es metallen, als der Schlagbolzen auf eine leere Patronenhülse schlug. Welden drückte noch einmal ab und wieder ertönte nur ein „Klick!" Achtlos schleuderte er den Colt weg und entriss die Beretta aus Collins steifen Fingern. Dieser wehrte sich nicht, verfolgte doch aufmerksam jede seiner Bewegungen. Er atmete sporadisch. Die durchlöcherte Brust hob und senkte sich. Bei jedem Atemstoß schäumte das Blut schneller aus den Wunden. Doch das Lächeln im Mundwinkel blieb.

Welden setzte ihm die eigene Waffe an die Schläfe.

„Nun mach schon, Welden, auf was wartest du?" krächzte Collins.

„Halte ein, Boy! Du darfst ihn nicht töten! Höre auf mich. Schieße nicht!" Die fremde Stimme erreichte Welden und er hob verwundert das Haupt. Aber er ortete den Rufer nicht. Noch immer pulsierte das Blut wie von Sinnen durch die Adern. Noch immer leuchtete der Raum in einem gespenstischen, unwirklichen Rot. Aus der glitzernden Helligkeit sprang ein Schattenbild auf ihn zu. Irritiert zögerte er mit dem finalen Schuss.

Beruhigend sprach die Gestalt auf ihn ein: „Erschieße ihn nicht, Freund Boy! Was er auch getan hat, überlass ihn den Geschworenen."

Gequält rieb Welden seine glühende Stirn. Tausend Nadelspitzen marterten ihn. Er war unfähig sich zu konzentrieren.

Geräuscharm wie eine Katze schlich Jeck Born an ihn heran. Unendlich behutsam tastete er nach der Pistole, die Welden den Schwerverletzten an die Stirn hielt. Es gelang ihm den Zeigefinger hinter den Abzugsbügel zu schieben und blockierte damit das Durchdrücken. „Gib auf, Boy. Es ist vorbei. Es ist endgültig vorbei."

Widerstandslos ließ sich Welden die Waffe abnehmen. Allmählich verlor die unnatürliche Helligkeit ihren Glanz. Der peitschende Pulsschlag egalisierte sich und totale Erschöpfung machte sich breit. Apathisch murmelte er: „Bringe mich weg von hier, Jeck. Bringe mich schnell weg, bevor ich ihn doch noch töte. Oder ist er schon tot?"

„Wenn der Blutverlust nicht all zu groß ist, und wenn er gleich von einem Arzt behandelt wird, dann besitzt er einige Chancen zu überleben", schätzte Born nach einem prüfenden Blick auf den Verwundeten. „Wer ist der Mann überhaupt?"

Gleichmütig erwiderte Welden: „Das ist Nick Collins, ein Niemand und ein Stück Scheiße!"

***

Das FBI entdeckte bei der Durchsuchung der Privatwohnung von Nick Collins geheime Unterlagen, in denen er alle dunklen Geschäfte aufgezeichnet hatte. Wie er mit dem Brüderpaar De Sallab eine überregionale Rauschgiftorganisation aufbaute, wie sich die Brüder zerstritten und das gemeinsame Geschäft gefährdeten. Jeder Mordauftrag, jeder Handel und sämtliche Lieferanten waren tabellarisch und namentlich aufgelistet.

Die Einträge der letzten Tage wirkten leicht verworren. Scheinbar wurde Collins nervös. Der Grund war ein Gesuch von Rick de Sallab an den Staatsanwalt. Bis dahin war sich Collins sicher gewesen, dass ihn Rick nicht verraten würde. Er hatte ihm unmissverständlich erklärt, er würde seine Tochter Laila umbringen, sollte er daran denken, Collins Doppelleben aufzudecken. Nachdem aber Rick de Sallab von der Verhaftung Laila wegen Mordverdachtes erfuhr und er sein Schweigen brechen wollte, musste Collins handeln. Er bestach mit viel Geld den Gefängniswärter Lexmark, der Rick tötete und den Tod als Selbstmord kaschieren sollte. Lexmark wurde auch beauftragt Laila mundtot zu machen. Der Anschlag scheiterte jedoch, weil sie rechtzeitig aufgefunden wurde.

Lexmark wurde in seinem Versteck in den Slums der Bronx von der Polizei aufgestöbert und verhaftet.

Anhand brisanter Schriften gelang es der Polizei die restlichen Bandenmitglieder hinter Schloss und Riegel zu bringen.

Das belastende Beweismaterial bedeutete für Nick Collins das Todesurteil. Im Krankenhaus retteten ihm die Ärzte sein Leben für den elektrischen Stuhl.

Die Presse feierte die Zerschlagung des Verbrecherkartells als großen Erfolg der New Yorker Citizen Police unter der Leitung Lieutenant James Hoogan vom 14. Distrikt.

***

31.Dezember 1965, spät nachmittags...

New York erstickte unter gewaltigen Schneemassen. Seit Tagen schneite es unaufhörlich.

Dick vermummt standen zwei Menschen an der Startbahn des Idlewild-Flughafens. Dichte Schneeflocken tanzten aus dem grauverhangenen Himmel auf sie hernieder.

„Werden wir uns wiedersehen?" fragte die schöne Anett McCormick und die Schneekristalle schmolzen auf ihrem bleichen Gesicht.
„Vielleicht, Lady, vielleicht irgendwann", sagte Steven B. Welden unklar. „Ich kann es nicht sagen. Ich muss erst vergessen."
„In drei Jahren werde ich aus dem Gefängnis entlassen. Wirst du da sein, Mr. Welden?"
„Vielleicht, ich weiß nicht."
„Schreibst du mir?"
Die Gangway wurde geöffnet und die ersten Passagiere stampften über die Schneedecke zu dem bereitstehenden Flugzeug.
Die beiden unauffälligen Männer, die mit etwas Distanz hinter Anett McCormick abwarteten, nahmen sie in die Mitte. „Gehen wir, Miss. Die Zeit ist um!" sagte einer hart.
Unverhofft trat sie ein paar Schritte vor und küsste Welden auf den kalten Mund. „Mach's gut, Mr. Welden und ein glückliches neues Jahr!"
Abrupt stellte sie sich wieder zwischen ihre Begleiter. „Kommt Jungs", sagte sie beinahe heiter. Und niemand bemerkte, wie sich der tauende Schnee auf ihren Wangen mit den Tränen vermischte. „Lasst uns gehen, meine Zelle wartet."
Bewegungslos starrte ihr Welden hinterher. Schließlich rief er doch noch laut: „He, Lady, ich schreibe dir, ich verspreche es. Gib mir nur etwas Zeit."
Ohne sich umzudrehen winkte ihm Anett mit hochgestreckten Arm zu. „See you later, Alligator!"
„See you later, schöne Lady", murmelte Welden mit minimalen Lächeln. Ein Hauch von Wehmut streifte sein Herz. Dann gab er sich einen Ruck und mischte sich in den Pulk der Fluggäste, die zu der Chartermaschine marschierten.
Steven B. Welden wollte New York eine Zeitlang den Rücken kehren. Hier konnte er momentan nicht mehr leben. Zu schlimm waren

der Schmerz und die Erinnerung.

Wahrscheinlich irgendwann, wenn die Narben in der Seele verheilten, wird er wieder zurückkommen.

ENDE

Herstellung und Verlag:
BoD - Books on Demand, Norderstedt
ISBN 978-3-7412-1049-5